슬픔의 모양

슬픔의 모양

1판 1쇄 발행 2024. 11. 30.
1판 2쇄 발행 2024. 12. 3.

지은이 이석원

발행인 박강휘
편집 강지혜, 김민경 디자인 정윤수 홍보 반재서 마케팅 김새로미
발행처 김영사
등록 1979년 5월 17일(제406-2003-036호)
주소 경기도 파주시 문발로 197(문발동) 우편번호 10881
전화 마케팅부 031)955-3100, 편집부 031)955-3200 | 팩스 031)955-3111

값은 뒤표지에 있습니다.
ISBN 979-11-94330-81-3 03810

홈페이지 www.gimmyoung.com   블로그 blog.naver.com/gybook
인스타그램 instagram.com/gimmyoung   이메일 bestbook@gimmyoung.com

좋은 독자가 좋은 책을 만듭니다.
김영사는 독자 여러분의 의견에 항상 귀 기울이고 있습니다.

이석원 산문집

슬픔의 모양

남영사

일러두기

저자 고유의 글맛을 살리기 위해 일부 표기와 맞춤법은 저자 고유의 스타일을 따릅니다.

가끔 알고는 못 떠날 먼 길처럼 긴 하루가 있다.

그날이 그랬다.

차례

1부

덫

1

엄마한테서 처음, 밖에 나갔다 돌아와 보니 아버지가 거실에서 쓰러져 계시더라는 말을 전화로 들었을 땐, 그 말을 하는 엄마나 듣는 나나 별로 놀라지 않았다. 당뇨를 오래 앓으셨기 때문에 이번에도 저혈당증이 와서 잠시 기운을 잃으신 걸거라고, 아마 엄마도 나처럼 대수롭지 않게 생각하셨을 것이다. 엄마는 다만 당신 혼자서 쓰러진 아버지를 일으켜 세우실 수가 없었기에 119에 전화를 해야 하나 말아야 하나 그걸 물어보러 내게 전화를 하신 것이었다. 이만한 일로 국가기관에 도움을 청해도 되는지를 혼자서는 도무지 판단할 수 없었기에.

다시 엄마의 전화를 받은 건 그로부터 세 시간쯤 지난 뒤인 오후 네 시경이었다. 나는 그때 미루고 미루던 종합검진을 받느라 한 대학병원에 가 있던 참이었다. 마침 대기시간에 전화가 왔길래 복도로 나가서 받아보니, 엄마는 이상하게 경황없어 보이는 말투로 횡설수설하셨다. 엄마 그게 무슨 말이야? 어제까지 멀쩡하셨던 분이 갑자기 하루 만에 무슨 연명 치료를 해? 나는 엄마가 자꾸만 '연명'이라는 두 글자를 반복해서 말하길래 짜증이 났다. 아까 나와 통화를 마친 뒤 엄마는 119구조대를 집으로 부르셨고, 그래서 쓰러진 아버지를 모시고 근처 병원엘 갔는데 그곳에서 연명 치료에 들어갈 수도 있으니 미리 동의 여부를 알려달라고 했다는 것이었다. 나는 답답해져 엄마와의 통화를 끊고 누나들에게 전화해서 상황을 알렸다. 아무래도 아버지가 이상한 병원엘 가신 것 같다, 최근 감기 기운이 있어 며칠 아프시긴 했지만 그것 말고는 멀쩡하던 분이 갑자기 연명 치료라는 게 말이 되느냐, 나는 이름도 처음 들어보는 병원에서 어서 아버지를 빼내 평소 다니시던 서울대병원으로 옮기자고 누나들한테 성화를 했다.

정확히 설명할 수는 없지만 나는 그때, 엄마와 아빠가 뭔가 불길한 덫에 걸린 것 같다는 느낌에 사로잡혔는데 덫의 종류는 내가 생각한 것과 달랐을지언정, 우리 가족 모두가 한순간에 얼마나 어둡고 긴 터널에 들어서게 된 것인 줄 그때는 꿈에도 알지 못했다.

갑자기 시간이 빠르게 흘렀다. 알고 보니 아버지는 감기가 아니라 코로나였고, 실려 가신 병원은 내 짐작처럼 허투루 진료를 보는 이상한 곳이 아니라 지역에서 제일 큰 코로나 거점 병원이었다. 저녁때, 아버지를 담당하는 의사가 내게 직접 전화를 걸어왔다. 그는 하필 다 지나간 코로나의 유탄을 맞고 의식을 잃은 아버지가 바이러스에 이미 폐의 구십 퍼센트 이상을 침범당해 패혈증 상태에까지 이르렀으므로 치료 과정에서 잘못되실 수도 있다고 했다. 잘못된다는 건 돌아가실 수도 있다는 말씀이실까요? 나는 더 물을 게 없을 만큼 소상히 환자의 상태를 알려주는 의사에게 그저 확인 차 이 하나의 물음만을 덧붙일 뿐이었다. 네, 그렇습니다. 의사는 대답했다.

그렇게, 아버지의 달력은 2023년 시월 어느 날에 멈춰버렸고, 그날 밤 나는 패혈증이란 무엇이며 그것 때문에 사망할 확률은 얼마나 되는지 등을 검색해 보면서 아직은 아무것도 실감하지 못한 채로 밤을 보냈다. 같은 시각, 아버지로부터 코로나가 옮아 격리된 엄마가 이 모든 상황을 집에서 홀로 어찌 감당하고 있을지를 걱정하면서.

③

하루가 지난 뒤, 좀 더 소상히 알게 된 일의 진상은 알면 알
수록 기가 막혔다. 아버지는 며칠 전 코로나와 독감 예방 주
사를 한꺼번에 맞으러 동네에 있는 한 내과엘 가셨다. 그런
데 의사가 예방 주사를 맞으려면 먼저 코로나에 걸렸는지
부터 검사를 받아야 한다고 하는데도, 아버지는 나 코로나
안 걸렸다, 내 몸은 내가 안다면서 그냥 주사를 놓으라고 고
집을 부렸고, 그럼 의사는 또, 환자가 절차를 거부하면 안
놓으면 될 것을 대책 없이 그냥 주사를 놔버림으로써 이 모
든 사달이 난 것이었으니⋯ 한마디로 코로나에 이미 걸려
있는 사람이 예방을 한답시고 코로나 바이러스를 추가로
공급받은 격이었다고 할까. 덤으로 독감 바이러스까지 얹
어서 말이다.

나는 이 모든 너무도 아버지다운, 스스로에게 무책임하고

의학적으로는 무지하며 사회적으로도 비상식적인 행동에 걱정이 되기보다는 오히려 화가 났다. 지금으로부터 꼭 이십 년 전, 서른네 살에 이혼을 해서 부모님과 다시 같이 살게 되었을 때에도 난 이 비슷한 일을 겪은 적이 있었다. 당시 평생 몸담으셨던 공직에서 물러나 집에서 식사를 하는 아버지의 식단을 가만히 보니, 정말로 매일 하루 세끼를 고기만 드시는 거라. 그 모습에 놀란 내가 고기를 그렇게 많이 드시면 건강에 좋지 않다고 아무리 말을 해도, 먹는 아버지나 요리를 해드리는 엄마나 꿈쩍도 하지 않던 어느 날. 그날도 채소 한 점 곁들이지 않은 채 소고기를 맛나게 구워 드시던 아버지는 끝내 항문이 막혀 응급실로 실려 가시고 말았고, 나는 아버지가 병원에 실려 가셨다는 엄마의 애타는 전화에도 꼭 지금처럼 짜증을 냈었다. 그래서 어쩌라구, 내가 고기 그렇게 먹으면 안 된다고 그랬잖아.

대체, 나이 칠순에 가까운 어른이 섬유질 섭취도 하지 않은 채 오로지 자기가 좋아하는 것만을 탐하다 무려 똥이 나오지 않아 응급실에 실려 가는 이 황당할 정도의 미련함에 나는 도무지 아버지를 따라 병원으로 갈 마음이 생기지 않았던 것이다. 부모가 먼저 자신을 돌보지 않는데 효도가 다 무슨 소용이란 말인가.

그로부터 이십 년이 지나 아버지에게 또다시 닥친 변고 앞에, 물론 이번엔 그 스케일이 다르긴 하지만, 아무튼 처음엔 슬픔보다 화가 더 앞섰던 나의 마음이 어느 순간부터 달라졌는지는 잘 기억이 나지 않는다. 그렇지만 쓰러지신 이튿날엔가 병원에 가서 의사를 만나고 온 큰누나가 아버지의 상태를 처음 전해왔을 때, 그러니까 병실 내부의 공기가 외부로 빠져나가지 못하게 되어 있는 이른바 음압 병실에 누운 아버지의 상태가 설마 하는 우리들 예상보다 훨씬 더 심각하다는 것을 알려왔을 때, 죽음은 점점 우리 가족 앞에 현실로 다가서기 시작했던 것 같다.

④

아버지는 내 모든 추억과 욕망과 열등감과 분노의 원천이었다. 오래전 아버지는 자신의 5323 번호를 단 하늘색 포니 승용차에 가족들을 태우고 성북동 북악 스카이웨이를 달림으로써 훗날 오십이 넘은 아들이 여전히 밤낮으로 같은 길을 달리도록 만드셨다. 아들은 아버지의 차를 타고 온 가족이 달리던 기억을 영원히 되새기고 싶어 오늘도 그 길로 출퇴근을 하는 것이다. 아버지는 결코 지위가 높은 사람은 아니었지만 유난히 돈 많고 권세 높은 지인들이 많았기에 어린 아들이 거의 평생에 걸쳐서 그 모든 부와 성공의 세계를 유독 동경하도록 만드셨고, 무엇보다 정말로 헤아릴 수 없이 많은 친구들을 가진 덕분에 아들로 하여금 평생 많은 이들과 어울려 살아야 한다는 강박에 시달리게끔 하기도 했다. 자식인 내 입장에서 엄마와 아버지를 놓고 굳이 누가 더 내게 많은 영향을 주었는지를 따져보자면, 평생 엄마와 쌓은 그 측정이 어려울 만큼의 깊은 유대와 엄마가 내게 유전적으로 하사해 준 나를 대표한다고 말할 수밖에 없는 기질과 그 밖에 엄마와 싸우고 화해하고 수다 떨고 지지고 볶은 그 많은 순간들을 생각하면, 평생 단 한 번의 진지하거나 진심 어린 대화조차 나눠본 적 없는 아버지를 엄마와 비교한다는 건 애초부터 가당한 일이 아니긴 했다. 하지만 아버지는, 엄마는 결코 관여할 수 없는 영역에서 앞서 언급한 내 평생을 지배할 어떤 정서적 토대를 마련해 주었다는 점에서 엄마와는 또 다르게 나를 만든 원천이라 할 수 있었다. 아버지가 아니었다면 과연 내가 서울 남산에 있는 호텔 라운지의 그 까마득히 높은 천장과 은은한 조명에 그토록 특별한 감흥을 쌓을 수 있었을까?

아버지는 그 화려한 인맥으로 주변의 누가 아프면 누구보다 먼저 가장 좋은 병원과 의사를 수배했고, 행정 문제가 불거지면 구청이나 동사무소를 통해 거의 바로 해결했으며, 누가 사고라도 당하면 아는 경찰들에게 전화를 돌려 어떻게든 상황을 정리했다. 장남이라는 책임감의 발로였는지 인정이 많으셔서 그러셨는지는 몰라도 하여튼 가족은 물론이요, 친구의 사돈의 팔촌의 십육촌까지 누구든 어려움에 처하면 시간과 거리를 상관하지 않고 달려가셨다. 그리고 해결하셨다.

어떻게 공직 말단에 있던 아버지가 그렇게 모르는 사람들이 없고 손 닿지 않는 곳이 없을 수 있었을까. 나로서는 그런 아버지가 지금 생각해도 신기할 따름이지만, 한 가지 희한한 점은 밖에서는 그렇게 배포가 컸던 아버지도 집에만 들어오면 이상하게 돈 몇만 원에 벌벌 떠는 정반대의 면모를 보였다는 사실이었다.

그런 아버지가, 환갑이 넘어 평생 근무하던 공직에서 물러나 집에 들어앉으시면서, 모든 비극은 시작되고 말았다.

나는 지금도 잘 이해하지 못한다. 사람이 집 바깥에서의 모습과 집 안에서의 모습이 어쩜 그리 다를 수 있는지를. 바깥 세상에서는 어떤 일도 척척 해결하며 가족들에게 구세주처럼 여겨지던 아버지는, 집 안에서는 작은 휴지 조각 하나를 손에 쥐고선 그걸 어디에 버려야 하는지를 몰라 쩔쩔매는 모습으로 내게 충격을 주셨다. 그리고 그런 모습은 은퇴 후 이십 년이라는 긴 세월이 흐르는 동안 조금도 달라지지 않았다. 아니, 달라지기는커녕 적어도 공감과 이해 그리고 소통이라는 측면에서 아버지는 아예 집안 내에서 홀로 섬과 같은 존재가 되어갔다.

이번 추석만 해도 아버지는 다른 집 자식들과 본인 자식들을 비교하는(당연히 내 자식들이 더 못하다는 논조로) 발언으로 분위기를 싸하게 만들더니, 급기야 애들 앞에서 어떻게 그런 말을 하냐며 반발하는 엄마와 한바탕하시고는 자식들을 각자 흩어져 자기 집으로 돌아가게끔 하는 괴력을 보이셨다. 아버지의 상식과 합리성으로는 걔네 아들이 현대자동차라는 우리나라에서 둘째가는 회사에 들어간 건 맞잖아,

란 말을 가족들 앞에서 하면 왜 안 되는지, 왜 그런 객관성을 다른 가족들은 받아들이지 못하는지 이해할 수 없었을 것이다. 그래서 그런 아버지에게 분노한 엄마가 나를 붙들고 근 한 달이 넘게 당신 남편을 성토하던 와중에 이 사달이 나고 만 것이었으므로, 나는 아픈 아버지도 아버지지만 엄마 걱정을 하지 않을 수 없었다.

아무리 아버지가 미웠어도, 이렇게 예방 주사 하나 잘못 맞았다는 이유로 몸에 온갖 줄을 매단 채 죽을 날만 기다리는 비참한 신세가 될 줄은 꿈에도 모른 채 그 원망을 했으니. 아마 지금쯤 엄마는 틀림없이 자기 때문에 아버지가 이렇게 되기라도 한 것처럼 스스로 책망하고 있을 텐데. 이러나 저러나 육십 년을 한 몸처럼 지내온 분들이었으니, 아버지가 없는 불 꺼진 빈방을 열어볼 때마다 음압실에 홀로 누워 비참한 모습으로 죽음과 싸우고 있을 아버지를 떠올리며 엄마는 분명 슬프고 두려워서 몸서리치고 있을 텐데.

그런 엄마를 생각하면 당장이라도 달려가 밤새 옆에 있어 드리고 싶었지만, 너까지 코로나에 걸렸다가 만약 아버지가 잘못되기라도 하면 장례식에 참석도 못 하고 어쩌려고 그러느냐는 엄마의 말에 이러지도 못하고 저러지도 못한 채 발만 동동 구르며 보낸 이틀째 밤이었다.

$$6$$

그때 아버지는 면회가 허용되지 않았기에, 가족들은 주로 병원에 가서 의사를 만나고 온 엄마나 큰누나로부터 병세에 관한 정보를 얻을 수밖엔 없었다. 나는 고령에다 여러 가지로 정신이 없을 엄마보다는 그래도 우리 집에서 가장 똑똑한 큰누나가 어서 상황을 제대로 파악해서 알려주길 기다렸고, 마침내 삼 일째 되던 날 아침. 담당 의사와 긴 면담을 마친 누나가 전화로 알려온 소식은 허무했다. 의사가 말하길, 다량의 항생제를 써서 폐의 염증을 잡은 것까진 좋았으나 그 과정에서 신장이 망가져 섬망 그러니까 의식이 흐릿해져 헛소리를 하는 증상까지 왔다고 하니, 결국엔 안 좋은 상황이요, '이 구멍을 막으니 저 구멍이 터졌다'란 식의 허망하기 짝이 없는 얘기가 아닌가.

나는 누나에게 수고했다는 말을 건넨 후 전화를 끊은 다음 아침내 보던 모니터를 멍하니 다시 응시했다. 나는 그때 또 한 권의 책을 마치곤 여러 사람에게 감사의 뜻을 전하는 작가의 말을 쓰고 있었는데, 생각해 보니 십오 년간 여덟 권의 책을 내면서 엄마와는 달리 아버지한테는 단 한 번도 콕 짚어 고맙다는 말을 쓴 적이 없다는 사실을 깨달았다. 같은 부모인데도 아버지에게는 자식으로서 정말 아무런 고마운 마음도 가져본 적이 없었던 것일까? 그게 사실이든 아니든, 나는 어쩐지 그런 상황 자체가 미안해져서, 이제라도 몇 마디 쓰려 했지만 잘 되지 않았다. 저를 낳아주시고 길러주셔서 고맙다고 쓰자니 그건 엄마가 해준 일이라는 생각에 뭔가 적절치가 않아 보였고, 아버지의 쾌유를 빈다고 쓰자니 또 너무 사적인 내용인 것만 같아 그 역시 마땅치가 않았는데, 분명한 건 나는 아버지가 그렇게 되신 지 이틀째 되던 날까지도 슬픔보다는 화가 더 많이 나 있었다는 것이다. 나는 아버지가 예방 주사를 맞으려면 먼저 검사부터 받아야 한다는 의사의 말을 듣지 않고 그냥 놓으라며 고집을 부린 것, 그렇게 맞은 주사 때문에 몸이 안 좋아졌는데도 병원에 가보라는 엄마의 말을 듣지 않고 또 평소처럼 약만 지어오라고 여전히 남에게 뭘 시키기만 했다는 그 모든 사실에 너무 화가 나서, 아버지가 평생에 걸쳐 나와 우리 식구들을 짜증 나게 했던 다른 많은 일들까지 소환하기 시작했다. 왜 아버지는 남의 말을 안 들을까. 왜 아버지는 이다지도 상식이 없고 무책임하며 움직이는 걸 싫어해서 뭐든 시키는 것만 좋아하며, 왜 항상 온 가족이 자기 때문에 걱정하고 뛰어다니게 만들면서도 그 모든 것을 당연하게만 여기는 것일까. 도대체 왜.

나는 그 모든 답이 없는 질문을 거듭하다 혼자서는 도무지 이 화를 감당할 수가 없어서 둘째 누나에게 전화를 걸었다. 그러고는 전화를 받은 누나에게 조심스럽게 혹시 통화를 할 수 있는지, 다시 말해 지금 내 얘기를 들어줄 의향과 감정적 시간적 여유가 있는지를 물었다. 고맙게도 누나는 얼마든지, 라고 답해주었고, 그때부터 나는 전화통을 붙들고 아버지에 대한 원망을 한풀이하듯 쏟아내다가 그만, 나도 모르게 울음을 터뜨리고 말았다. 그건, 아버지가 졸지에 죽음의 문턱에 이르고 나서 흘린 내 첫 번째 눈물이었는데, 그렇다고 온전히 슬퍼서만 그런 것은 아니었다. 오히려 나를 이 세상에 존재하게끔 해준 부모가 죽음의 위기에 처해 있는데도 그 어떤 다른 마음 없이 그저 슬퍼할 수만은 없는 이 현실과 감정 상태가 너무 기가 막혀 나오는 울음이었다. 저렇게 비참한 신세가 되어버린 아버지를 자식으로서, 한 인간으로서, 그저 딱하게만 여기고 안타까워만 하고 싶은데.

그저 연민하고 슬퍼하기만 했으면 좋겠는데. 한편으로 이렇게 화가 나고 원망이 되는 내 이 불순한 마음의 순도가 나는 괴로웠다. 그리고 누나 역시, 아버지의 소식을 처음 듣자마자 울음이 터지지는 않았다고 했다. 소식을 듣고 누나는 처음엔 실감도 나지 않고 병원에 가봤자 면회도 되지 않는다는 말에 그저 집에 머무르던 중이었는데, 큰누나가 거듭 전화를 걸어와서는, 아버지가 이대로 격리된 채 돌아가실지도 모르겠다는 말을 전하자 그제야 비로소 마음이 요동치기 시작했다고 한다.

그럼 아버지랑 마지막 인사도 나누지 못한 채 그냥 이렇게 보내드려야 한다는 거야?

아들인 나보다 아버지를 미워해도 열 배 스무 배는 더 미워했을 누나였다. 아버지의 때로는 황당할 정도의 철없음, 언제나 자기밖에 모르는 이기심, 그 모든 아버지스러움에 대한 깊은 원망과 회의에도 불구하고 터져 나오는 울음에 누나는, 이래서 핏줄이 무서운 것인가보다, 라며 기운 없는 소리로 말했다. 우리는 다 그렇게 각자의 입장과 상황에 따라 처음엔 어느 정도의 머뭇거림을 보이다가 이내 고통스러울 만큼 슬픈 단계로 젖어 들어갔는데, 우리 가족 누구 하나 아버지에게 불만 없는 사람은 없었지만 죽음은, 다시는 보지 못할 영원한 이별은 그리고 핏줄은 그 모든 것을 초월할 만큼 압도적인 무엇이었던가 보다.

⑦

혼자서 그렇게 긴 울음을 토해내고도, 나는 가시지 않는 우울감을 견디지 못해 후리스와 패딩을 차례로 껴입고는 집 바깥으로 나섰다. 날이 꽤 찬 십일월 초엽이었는데 엘리베이터를 타고 아파트 일층으로 내려가 습관처럼 걷다 보니 바로 옆 단지에 있는 부모님이 사시는 아파트 건물이 보였다. 언젠가 우리 부모님은 염원처럼 바라던 사업을 하시다가 그만 일이 틀어져 속된 말로 알거지가 되신 적이 있었다. 그때 운 좋게 쓰던 책이 조금 팔려서 뿔뿔이 흩어졌던 우리 세 식구가 작은 아파트라도 얻어서 이 동네로 온 지가 십이 년 전이었는데. 비록 전에 누리던 생활의 규모에는 미치지 못하지만, 그간 앉을 자리 하나 변변히 없어 부르지도 못했던 자식들을 이젠 부를 수 있게 되었다며 엄마가 반색하던 그야말로 우리 가족의 거점 같은 곳.

가까운 친구들은 내가 부모에게 쓰는 돈의 규모를 알고는 너도 노후 대비를 해야 하지 않느냐, 충고를 건네는 경우도 있었다. 그렇지만 내가 마련해 드린 공간에서, 또 나와 누나들이 십시일반 보탠 돈으로 두 분이 너무 누추하지 않은 선에서 저렇게라도 노후의 일상을 영위하는 모습을 보는 건 내 큰 행복이요 삶의 보람이었다. 그래서 지금처럼 밤이면 동네 근처를 걷다가 부모님이 사시는 아파트 바로 근처까지 흘러와서는 고개를 들어 십층의 맨 왼쪽 끝 집을 올려다보는 게 습관이요, 하나의 의식과도 같은 일상이었는데.

15, 14, 13, 12… 한번 상상해 보라. 오십대 중반의 다 큰 어른이 길가에서 부모가 사는 아파트 건물 위를 올려다보며 한 층 한 층 돋보기 쓴 노인처럼 손으로 일일이 짚어 내려오는 장면을. 그러다가 마침내 십층에 이르면, 왜 그런지 우리 부모님은 두 분 다 주무실 때도 불을 끄지 않기 때문에, 아버지가 계시는 안방이며 엄마가 기거하는 거실까지 늘 환하게 켜져 있는 불을 보면서, 나는 뭔가 모를 안도감에 가슴이 따뜻해지곤 했었다. 그럼 그렇게 충전된 온기를 가지고 또 얼마간 생활을 할 수 있었는데. 그 덕에 난 지금껏 살아

왔다고 해도 과언은 아닌데. 하지만 지금, 평소와 똑같은 시간에 똑같은 곳까지 걸어와서 올려다본 부모님 댁에서, 평소와 달리 여태껏 단 한 번도 꺼져본 적 없던 안방의 불 꺼진 모습을 본 순간, 나는 그만 그때까지 가까스로 지탱해 왔던 내 안의 뭔가가 와르르 무너져 내리는 느낌을 받았다.

밤이고 낮이고 꺼지지 않는 저 방의 불을 보면서, 팔십대 중반에 이른 내 부모가 아직 살아 있고, 저곳에서 지금 편히 누워 주무시거나 티비를 보며 안락한 시간을 보내고 있겠구나, 생각하면 그 모든 것에 감사하고 안도하는 마음이 들어 내 작은 근심마저 덜 수 있었는데. 이렇게 결코 꺼져본 적 없던 방의 불이 꺼진 모습을 보니, 더군다나 엄마가 있는 거실 쪽만 홀로 불이 켜져 있는 모습은 또 그것대로 어찌나 안쓰럽고 외롭게만 보이던지. 나는 그만 길가에서 엉엉 소리 내어 울음을 터뜨리고 말았다.

그것은, 아무리 다 같은 자식이지만 부모님 생신이나 어버이날 등 특별한 날에만 들를 수밖에 없는 누나들은 잘 이해하기가 어려운 감정이었다. 이러나저러나 때로 싸우고 원망할 때도 있긴 했지만 우리 세 식구 맨날 지지고 볶으면서도 힘겹게 여기까지 왔는데. 불과 한 달 전만 해도 난 이 동네에 복층 아파트가 다 있다면서 나중에 우리도 그런 집 위아래 층에서 같이 살면 좋겠다고 했을 만큼, 그토록 원망했던 아버지 역시 분명 내평소 꿈속의 일원이었는데. 그만큼 내겐 오로지 늙은 부모들과함께 가능한 오래 잘 살아보는 게 가장 큰 꿈이자 목표였는데. 그 모든 꿈들이 언제까지나 가능할 수는 없다는 것을 머리로는알기에 늘 잠재적인 불안감을 갖고 살긴 했지만, 막상 이렇게꺼질 줄 모르던 불이 꺼진 모습을 보자 나를 지탱하던 내 안의무언가도 함께 꺼져버리고 말았던 것이다.

어디선가

눈물도 유전이라는 말을 들은 적이 있는데

그 말이 맞다면

내 눈물은 아마도

엄마보다는 아버지에게서 받은 것일 확률이 높다.

살면서 엄마가 우는 모습은 거의 본 적이 없었던 반면

아버지는 드라마를 보다가도 곧잘 울곤 하셨으니까.

8

길거리에서 부끄러운 줄도 모른 채 눈물을 쏟고 나자 엄마
생각이 났다. 엄마도 꼭 지금의 나처럼 꺼진 적 없던 방의
불 꺼진 모습을 들여다보며 홀로 슬퍼하고 있을 텐데. 생각
이 거기에 이르자 코로나고 나발이고 간에 더이상 견딜 수
가 없어진 나는 그대로 부모님 댁으로 뛰쳐 올라갔다. 엘리
베이터를 타고 십층에서 내리자 눈앞에 펼쳐진 어둡고 긴
복도 맨 끝 집에서 당장이라도 아버지가 엉거주춤 느린 동
작으로 문을 열고 걸어 나오실 것만 같았다. 지난 팔 년간
변함없이 하루에도 몇 번이나 드나들던 이 복도. 걷다 보면
열린 문틈으로 언뜻언뜻 비치는 남의 집 풍경들. 복도 난간
너머로 시선을 돌리면 맞은편 동에서 점점이 새어 나오는
따스하지만 무심한 불빛들.

그 모든 평소와 다름없는 광경을 뒤로하고 내 부모가 사는
집 대문 앞에 이르러 네 자리 숫자로 된 비밀번호를 차례로
누르고선 문을 열고 들어서니, 불 꺼진 집 안에서 책상엔 희
미한 스탠드 불 하나만을 켜둔 채 엄마는 평소 좋아하던 안
마용 의자에 앉아 방금 울음을 멈춘 듯 아기처럼 발그레한

얼굴로 나를 바라보고 있었다.

코로나 때문에 절대 오지 말라고는 했지만 엄마는 분명 저
문이 열리고 누군가 찾아와 주길 간절히 기다렸을 텐데. 새
벽 네 시 반이면 어김없이 안방에서 아버지가 나와, 다녀올
게요, 하고 당신에게 인사한 뒤 현관문을 열고 운동하러 나
가는 모습이 오늘 새벽에도 어김없이 벌어지길, 엄마는 환
영처럼 몇 번이고 상상했을 텐데. 나는 그런 엄마를 이틀이
나 홀로 둔 것이 미안해 견딜 수가 없었다. 그래서 엄마 뭐
해, 하고 평소처럼 그러나 평소와는 달리 너무도 무거운 집
안의 적막을 깨고 겨우 한마디를 건넸으나, 엄마는 그냥 있
지 뭐, 오지 말라는데 왜 왔어, 하면서 다소 지친 기색으로
내게 말을 건넬 뿐이었다.

2부

악역

연명 치료에 관한 우리 가족의 입장은, 누구 하나 예외 없이 확고했다. 본인은 물론 다른 가족 그 누구도, 어떤 상황이 오든 어떤 방법으로든 무의미하게 삶을 연장하는 일은 하지 않겠다는 것. 아버지도 평소 이 점을 분명히 하셨기에 우리는 구두로 의사를 묻는 의사에게 두 번이나 이미 답을 한 상태였다. 처음엔 확고부동하게 거부하던 가족들도 나중에 번복하는 경우가 많아서 또 묻는 것이라는데, 다른 사람들은 몰라도 나만큼은 단지 숨만 쉬는 산송장으로 생명을 연장하는 일에 그 어떤 가치도 느끼지 못했기에, 가족을 대표해서 매번 의견을 모으던 큰누나에게 말했다. 누나, 우린 그런 진상 부릴 일 없잖아.

여느 한국의 평범한 집안이 그렇듯이, 이번에도 우린 아버지와 또 우리 가족에게 닥친 전례 없는 위기 앞에 온 식구가 똘똘 뭉쳐서 부모님을 지키고 나 자신을 지키고 서로서로를 지켰다. 태어나서 이번만큼 가족들과 많은 통화를 주고받은 적이 있었던가? 그건 아버지와 엄마의 안위를 살피기 위함도 있지만 무엇보다 워낙에 모든 정보가 제한되다 보니 무엇 하나 확실한 게 없는 상황 탓이 컸다. 그때 우리는 음압실에 격리된 아버지를 면회할 수도 없고, 담당 의사를 양껏 만나볼 수도 없었기 때문에 항상 누군가 병원에 가서 의사에게 들었다는 이야기를 이 사람이 저 사람에게 전했고, 그렇게 들은 걸 다시 다른 사람에게 전하는 과정에서 정보는 그리고 사실은 자주 왜곡되고 비틀어졌다. 심지어 둘이 한자리에서 같은 의사에게 들은 말을 가지고도 엄마와 큰누나의 해석이 달랐다. 엄마는 여전히 아버지가 다시 집에 올 가능성이 아직 조금은 있는 것으로 받아들였지만, 큰누나는 아니었다. 그리고 그렇게 소통하며 일에 대처하는 과정에서 우리는 때때로 분열할 때도 있었는데 그 이유는 두말할 것 없이 다른 때와 달리 사안이 너무나도 중대하고 급박했던 때문이리라.

(10)

원래는 가족들과 모이거나 연락하는 일을 별로 좋아하지 않는다. 알다시피 가족이란, 만나면 싸우는 존재들이니까.

우리 형제들도 본인의 의사와는 전연 상관없이 한집에서 한 핏줄로 태어나, 각자 가정을 이뤄 서로 떨어져 지낼 때까지 근 이십여 년을 정말 숱하게 싸웠다. 누나들은 누나들대로 서로의 일기장과 서랍 속 비밀스러운 물건들을 오층 건물 바깥으로 내다 버리며 싸웠고, 나는 나대로 그런 누나들의 재미있는 싸움이 밤새 끝나지 않기를 속으로 기도하다가, 다음 날엔 내가 그중 한 사람과 시비가 붙어 또 피 터지게 싸 웠다. 다만 열 살 터울에 체격이 좋았던 큰누나와는 나이 차 이도 차이려니와 힘(그야말로 물리적인)의 차이 때문에라도 싸움 자체가 성립되질 않았는데, 그러던 우리는 나이를 먹 으면서 피차간에 다투면 손해라는 생각에 각자 조심하는 법 을 터득해 갔다(알다시피 나이가 들어서 싸우면 어려서 서로의 머 리를 쥐어뜯는 것보다 훨씬 더 큰 상처와 긴 후유증을 부른다). 특히 나는 모든 종류의 사람으로 인한 트러블 중에서 가족들과의 부딪힘을 가장 꺼리는 편이기에 명절이라든가 부모님 생신 등 특별한 날에 가족과 함께 있을 때는 거의 내 본심과 본성 을 죽이고 마치 피에로 분장을 한 광대처럼 어려서부터 줄 곧 고수해 온 내 역할에만 충실했다. 가족들을 끊임없이 웃 기고 또 웃기는 것.

그러다가 때가 되면 마치 오늘의 공연이 끝났다는 듯 관객들이 무사히 집으로 돌아가도록 배웅한 후 홀로 집으로 돌아가 스스로 했던 분장을 지우고 쉬는 게 평소 내 모습이었는데, 이번엔 사안이 사안인지라 그러기가 어려웠다. 자칫 잘못하다간 순간의 결정으로 평생을 후회하게 될지도 모르는데, 지금 잠시 잠깐의 평화를 보장받는 일이 뭐가 그리 중요하겠는가.

(11)

일은, 적어도 우리 집에서만큼은 누구도 반대하거나 의사를 번복할 일이 없어 보이던 바로 그 연명 치료 문제 때문에 불거졌다. 아버지의 격리 기간이 아직 끝나지 않았기에 나를 비롯한 가족들은 매일 아침 심판받는 심정으로 그날그날 아버지의 상태에 대한 큰누나나 엄마의 브리핑을 기다렸는데, 정말이지 나는 매일 아침 병원에 다녀온 누나나 엄마에게서 아버지의 변함 없는 병세와 오히려 들으면 들을수록 상상이 안 될 만큼 비참한 상황을 전달받는 일이 꼭 고문 받는 것만 같았다. 아버지는 자기 신세가 어느 날 갑자기 왜 이렇게 됐는지 영문도 모른 채 어제도, 오늘도 (아마 내일도) 몸 곳곳에 온갖 줄을 매단 채, 그 연세에 기저귀까지 차고선 죽음의 공포와 싸우며 홀로 누워 계셨고, 매일 그 모습을 중계방송 보듯 전달받던 나는 급기야 더는 견디지 못하고 아버지를 저 지옥에서 빼내드려야 한다는 데에 생각이 미치기 시작했다. 사람이 온몸을 결박당한 채로 아무런 소생의 희망도 없이, 왜 언제까지 저렇게 비참한 지경으로 고립되어 있어야 하는가.

그래서 홀로 고독과 두려움에 떨고 있을 아버지를 떠올리며 점점 더 그 처지에 강하게 이입하던 내가, 급기야 아버지를 위해서 뭐라도 좀 해야 하는 건 아닌지 이런저런 수를 내며 고민하기 시작할 때쯤 그리고 그 모든 내 고민과 대안적 제시가 큰누나에 의해 전혀 현실적이지 않다는 이유로 가볍게 묵살되는 일이 반복될 때쯤, 마침내 격리 기간이 끝난 아버지가 음압실을 벗어나 일반 병실로 가게 되면서 일은 터지고 말았다.

12

며칠 후, 이제 코로나로 인한 격리 기간이 끝나 아버지가 음압실을 벗어나게 되면 연명 치료를 받고 싶어도 받을 수가 없으므로, 의료진은 우리에게 다시 한번 정말 연명 치료를 받지 않겠는지 물었다. 이에 큰누나는 나를 포함한 모든 가족의 동의를 받아 확고하게 원하지 않는다고 최종적으로 답을 했는데 문제는 그 과정에서 우리가 생각도 못 한 화두가 던져졌다는 것이다.

네? 투석이요?

누나가 의아해서 되묻자 의사가 말하길, 아버지의 신장이 너무 안 좋아져서 투석이 필요할지도 모르는데, 문제는 이럴 때 하는 투석은 연명 치료에 해당한다는 것이었다.

그러니까 의사의 말은, 모든 투석이 연명 치료에 해당하는 건 아니지만 지금 아버지 같은 경우에 하게 되면 그건 연명 치료 범주에 들어가는 것이므로, 정말 투석도 하지 않고 어떤 다른 조치도 없이 일반 병실로 가도 괜찮은지 묻는 것이었다. 그 말을 들은 누나는 투석이 연명 치료의 범주에 들어간다는 얘기를 들어본 적 없었기 때문에 잠시 혼란을 느꼈지만, 어쨌든 의미 없는 생명 연장을 하는 것이라면 하지 않겠다고 한 것인 반면, 내 생각은 달랐다. 그때까지 누나를 포함한 다른 가족과 연명 치료 거부에 대한 생각이 일치했던 나는 아버지가 멀쩡한 정신으로 가족들과 마지막 인사라도 한마디 나누고 가시게 하려면 투석이 아니라 더한 거라도 생각을 좀 해보자고 의견을 냄으로써, 그렇게 우리의 생각이 달라짐으로써, 결과적으로 아버지가 쓰러지신 뒤 일사불란하게 움직이며 위기에 대응하던 우리 형제들 간에 첫 균열이 생기고 말았다.

난 왜 여전히 몰랐을까. 삶은 내가 생각했던 것보다 훨씬 더 복잡하고, 남들이 나와는 다른 결정을 하고 행동을 하는 데에는 반드시 그럴 만한 이유가 있다는 것을.

13

가족 내 서열로 보나 본인이 가진 능력으로 보나 이 집안에서 큰누나의 의사를 꺾는 일은 쉽지 않다. 그 상대가 열 살이나 어린 막냇동생이라면 더욱 그렇다. 안 그래도 이미 나는 아버지의 상태에 대해 좀 더 물어보고 싶은 것이 있어도 누나 정신없고 바쁠까 봐 그러지 못하고, 뭔가 다른 의견을 내려다가도 누나한테 또 면박이나 당할까 봐 슬그머니 꼬리를 내린 지가 꽤 된 상황이었다. 때문에 큰누나와 투석이라는, 결국엔 연명 치료를 하자는 이런 큰 이슈로 직접 대립하기엔 여러 가지로 힘에 부치는 것이 사실이었다. 그래서 나는 이제 아버지가 일반 병실로 옮겨지기 전에 뭔가 결정하지 않으면, 어쩌면 제대로 된 말 한마디조차 나누지 못한 채 영영 이별해야 할지도 모른다는 생각에 감정이 걷잡을 수 없이 격해져서는 사람들에게 전화를 돌리기 시작했다. 아버지가 아닌 그 누구라도 사람을 저런 상태로 병원에서 그냥 돌아가시도록 두는 건 아니지 않냐, 투석이 아니라 어떤 방법을 써서든 삶을 좀 제대로 마무리하고 사랑하는 이들과 마지막 인사라도 나눌 수 있을 정도는 해드려야 하는 것 아니냐는 나의 애끊는 토로에, 엄마며 둘째 누나며 내 가

까운 이들은 대부분 그래, 맞는 말이지, 하면서 동의를 해주
었고 전화를 끊은 다음엔 나를 위해 기꺼이 큰누나에게 전
화 한 통씩을 넣어주었다.

⑭

봐, 봐, 봐. 너, 내가 다른 집들 연명 치료 안 한다고 했다가
번복하는 경우 많다니까 뭐라 그랬어. 너만은 절대 그럴 일
없다고 걱정하지 말라고 그랬지? 큰누나는 이런 저항이 한
번쯤은 있을 거라고 예상이라도 한 듯, 나를 측면 지원하는
이런저런 말들이 들려오자 내게는 더 다른 말 없이 즉각 가
족 모임을 소집했다. 며칠 뒤면 아버지가 일반 병실로 옮겨
지기 때문에 시간이 없던 우리는 투석 얘기가 처음 나오던
당일에 바로 모이기로 한 것이다. 그날 저녁, 학원에서 아이
들을 가르치는 큰누나의 수업이 모두 끝난 후, 나는 누나가
소액의 주식 투자를 통해 번 돈으로 최근에 바꾼 작고 아담
한 새 차를 타고선 둘째 누나네로 향했다. 큰누나와 나는 비
교적 가까운 데 붙어 살고, 둘째 누나는 멀리 떨어져 살고

있어서 우리가 그쪽으로 가기로 한 것인데, 출발한 지 한 시간이 넘도록 우리는 만날 수 없었다. 하필 새 차를 뽑아서 그런지 큰누나는 유난히 차를 천천히 몰면서 내 애간장을 태우더니(평소엔 아주 난폭하게 운전을 하는 편이다), 여긴 불이 너무 밝느니, 저긴 주차장이 없느니 하며 평소보다 더욱 장소를 까다롭게 고르는 통에, 나는 슬슬 짜증이 나고 말았다. 그냥 아무 데나 들어가… 저기 괜찮네. 언제까지 달릴 거야. 대체.

그러던 큰누나가 둘째 누나를 태운 뒤로도 무려 십여 분이나 더 달린 끝에 기껏 들어선 곳이 이미 불 꺼진 카페들이 즐비한 어떤 거리였을 때, 나는 그만 폭발하고 말았다. 도대체 지금 뭐 하고 있는 거야, 시간 없어 죽겠는데. 그러자 나의 거듭된 신경질에 성질이 뻗친 큰누나도 참지 못하고 버럭 소리를 질렀다. 그럼 다 때려치우고 집으로 가자. 투석이고 나발이고 모르겠어. 난 이젠.

아차, 그제야 난 정신이 번쩍 들었다. 평소 같았으면, 더구나 상대가 큰누나라면 언감생심 이런 짜증은 물론이요, 누나의 그 어떤 작은 결정에도 토를 달지 못하던 나였는데. 그게 누나를 대하는 나의 태도에 관한 오랜 매뉴얼이요, 그걸 지켜야 나는 물론이고 집안 전체에도 별 탈이 없는데. 미치지 않고서야 어찌 이런 망발을…

나는 이대로 우리가 헤어져 버리면 아버지에겐 더이상 기회가 없다는 생각에 큰누나에게 손이 발이 되도록 빌었고, 그런 우여곡절 끝에, 내 간절한 호소에 식구들이 반응해 어렵사리 성사된 자리였건만, 내 의견은 논의 처음부터 참석한 모든 이들에 의해 가로막히고 말았다.

언젠가, 꽤 오래전 일이긴 하지만 우리가 지금처럼 그저 누나 동생 사이가 아니라 친구처럼 자주 만나서 차도 마시고 밥도 먹으며 시간을 보낼 때, 그때만 해도 난 내 솔직한 마음을 누나에게 전할 수 있다고 믿었던 적도 있었다. 크게 소용은 없었지만. 한번은 사소한 이유로 서로 신경이 긁힌 적이 있었는데 내가 파국의 위험을 감수하고라도 좀 더 깊은 대화를 시도했더라면 이렇게 누나와 통하는 여러 개의 문 중 나름대로 결정적인 것 중 하나가 영영 닫히는 일은 없었을지도 모르지만, 나는 그러지 않았다.

내게는 내 솔직한 마음을 전하는 것보다 당장 누군가와 불편해지지 않는 게 훨씬 더 중요하기 때문에. 비교할 수 없을 만큼.

15

인테리어라고는 도무지 신경 쓴 흔적이 보이지 않는 그저 이름 모를 작은 카페였다. 가게가 삼십 분 뒤에 문을 닫는데 괜찮겠냐고 묻는 주인을 상관없다는 말로 안심시키며 우리는 서둘러 주문을 하고는 창가 쪽 테이블에 자리를 잡고 앉았다. 나나 큰누나나 어차피 투석에 관한 입장은 정해져 있었으므로 둘째 누나의 의견이 중요한 상황에서, 낮에 통화할 때만 해도 너무 걱정 말라며 일말의 기대를 주었던 누나는 결국엔 부정적인 결론을 내린 모양이었다.

너, 미숙이 알지? 걔네 시아버지가 우리 아버지랑 거의 비슷한 나이에 투석을 받다가 돌아가셨잖아. 근데 투석이라는 게 몸에 구멍을 뚫어서 혈관에 기구까지 삽입해 가지고 몇 시간 동안 빼낸 피를 정수기가 노폐물 걸러내듯이 거른 다음 다시 몸 안에 집어넣는 거거든? 그럼 하루 정도 정신이 말짱해졌다가 금방 다시 흐려져서 이틀 있다가 그 힘든 걸 또 받아야 해요. 그래서 걔는 거동도 어려운 노인네한테 그 짓을 일 년이나 받게 해드린 게 너무 후회된다고 그러더라고.

둘째 누나가 회의 초장서부터 사실상 투석에 반대 의견을 내는 순간, 나는 내가 요 며칠간 간절히 그려왔던 아버지와의 마지막 순간들이 이대로 이룰 수 없는 꿈이 되는가 싶어 아득한 기분이 들었다. '꼭 투석을 하자는 건 아닌데. 나는 다만, 하루라도 좋으니까 정신이 온전한 아버지와 가족들이 다 같이 모여 마지막 인사라도 나누고, 집으로 가는 게 정 안되면 어디 일인실이라도 구해서 진짜 단 몇 시간만이라도 좋으니 평소 좋아하시던 야구경기나 좀 보게 해드리자는 거거든.' 하면서 내가 정말 그럴 방법이 없는 거냐고 묻자 누나들은 그런 게 어딨냐며 여전히 내 바람을 이해하지도, 들어줄 생각도 없는 것 같았다. 그게 가능하려면 안 그래도 사지가 묶여 누워 있는 아버지 몸에 구멍을 뚫는 짓까지 해야 하는데, 너는 왜 자꾸 야구경기 얘기나 하면서 혼자 영화 속 아름다운 장면이나 찾고 있느냐는 게 누나들 말의 요지였다.

아니, 나는… 정말 뭐가 뭔지 잘 알 수 없었다. 살면서 암 환자들이 항암 치료 거부하고 집으로 돌아가서 가족들과 있다가 평화롭게 잠들었다는 식의 기사를 수도 없이 봤는데 왜 나의 아버지에겐 그런 선택을 할 기회가 주어지지 않는 것인지를 이해할 수 없었다. 그리고 그런 내 이해할 수 없음을 토로했을 때에도 누나들은 아버지는 암이 아니지 않느냐며 답답하다는 듯 대꾸할 뿐이었다. 어려서 나이 차이가 아홉 살, 열 살씩 나는 누나들과 대화할 때, 왜 그런지 자기들끼리는 신나게 얘길 하다가도 막내인 내가 뭔가 끼고 싶어 한마디를 던지면, 내 말에는 마치 투명인간 대하듯 아무도 대답을 해주지 않아 사람을 민망하게 하던 꼭 그때처럼 말이다.

16

만약 지금 이 상황이 가족들이 아닌 집 바깥에서 남들과 일로 논의하는 자리거나 친구 사이의 일이었다면 내 모습은 조금 달랐을 것이다. 나는 일말의 주저함도 없이 확신에 차서 내 주의 주장을 펴고, 모르는 게 있으면 이해할 수 있을 때까지 상대가 누구든 거듭해서 질문을 계속할 터였다. 그게 지난 삼십 년간 음악하고 글 쓰면서 창작자로 살아온 프로로서의 내 모습이었으니까. 하지만 이 가족의 일원으로 살면서 나는 너무 오래 나를 죽여왔고, 내가 맡은 역할은 늘

실없이 우스갯소리나 하면서 가족들의 긴장을 풀어주는 게 다였기 때문에, 이 사람들 앞에서만은 내 의사를 번듯하고 일목요연한 언어로 말하는 데 전혀 익숙하지가 않다. 그래서 집안의 모든 일은 늘 나보다 어른들이 처리해 왔고, 그럴 때 그들의 판단은 대부분 옳았기에, 나는 그저 돈이나 보태고 운전하고 몸 쓰는 단순한 일만 하면 그뿐이었다. 늘 무슨 일이 벌어지면 어려서 수재 소리를 듣던, 덕분에 엄마와 동생들의 자부심이기도 했던, 그래서 지금까지도 여전히 우리 집에서 가장 명석한 두뇌의 소유자인 큰누나가 상황을 빠르게 정리해서 일을 어떻게 처리할 것인지에 대한 계획을 세우면, 둘째 누나가 특유의 꼼꼼함과 성실함으로 거의 모든 영역에서 헌신적으로 뛰어다니면서 그것을 실천하고, 그나마 자식이 없어 다른 딸린 식구가 없는 나는 형제들 중 가장 많은 돈을 대는 식으로 우리는 역할 분담을 해왔다. 불과 몇 달 전 다리에 난 상처가 낫지 않아 아버지가 입원을 하셨을 때에도 그랬고, 부모님의 칠순과 팔순 등 매 집안 잔치 때마다 그랬다.

늘 우리만의 규칙이 있고 역할 분담이 있어서 그 방식으로 지금껏 어떤 일이든 대처해 왔다. 하지만 이번만은 상황이 상황이니만큼 그렇게 해서는 안 된다고, 나도 목소리를 내야 한다고, 누군가가 자꾸만 말하고 있었다. 지금은 그런 소극적인, 막내라는 역할에 머물러 있을 것이 아니라 이 집에서 아무도 내게 시키지 않았지만 스스로 규정해 온 내 역할과 그걸 수행해 온 내 오래된 관성과 그래서 생긴 주저함을 어떻게든 뚫고 후회하지 않을 결정을 내려야 한다고. 누나들이 아무리 답답해하고, 말도 안 되는 얘기를 한다고 짜증을 내도, 이번만큼은 내가 원하고 내가 옳다고 믿는 바를 온전히 얘기할 수 있어야 한다고, 내 안에서 한 번도 본 적 없는 누군가가 자꾸만 말했다. 그래야 아버지를 네(내)가 원하는 방식으로 보내드릴 수 있고 그래야 후회가 남지 않을 거라면서.

그렇게 해서 그 짧은 순간, 마치 영겁의 세월처럼 길고도 복잡한 고민 끝에 시작한 이야기는, 형제들에게 늘 어리고 철없는 동생 취급받으면서도 맨날 헤헤거리며 웃기만 하던 내가 결코 벗어본 적 없던 광대로서의 가면을 벗고 거의 생애 최초로 털어놓은 울음 섞인 진심이었다.

17

아버지가 쓰러지시고 난 뒤, 엄마는 코로나 옮는다고 오지 말라며 그 난리 통에 홀로 집에서 그 모든 두려움과 슬픔을 감당하셨다. 부모님이 기거하시는 곳은 도봉구에 있는 오래된 주공 아파트 스물다섯 평형으로, 네 평이 조금 안 되는 안방을 아버지가 쓰고, 비슷한 면적의 거실과 작은 방을 엄마가 사실상 독점해서 썼는데, 두 분 다 늘 불이며 티비를 켜놓고 생활하셨기 때문에 언제고 문을 열고 집 안에 들어서면 그 왁자함이 이루 말할 수가 없는 곳이었다. 그랬던 곳엘 가서 홀로 담담히 앉아 있던, 그러나 결코 담담할 수 없었을 엄마에게 기분은 좀 어떤지, 몸 상태는 괜찮은지, 아버지는 어떻게 하고 계신지, 여전히 면회는 안 되는지, 의사는 만나보셨는지, 저녁은 잡수셨는지 등을 물어본 나는 이윽고 조금은 주저되고 꺼려지던 그 일을 하고 말았다. 끄익. 익숙한 소리를 내는 문을 열고 보니, 졸지에 주인을 잃은 빈 방을 들여다보는 일은 예상보다 더 힘들었다. 거기엔 아버지가 늘 누워 계시던 침대와 밤이고 낮이고 간에 도무지 꺼질 줄을 모르던 오십오 인치짜리 벽걸이형 티비가 지금은 꺼지고 빈 채로, 더는 그곳에 존재하지 않는 이의 삶의 흔적을 참 고스란히도 보여주고 있었다.

방 한가운데에 놓인 나무 테이블 위에는 아버지가 목숨처럼 소중히 여기시던 티비 리모컨과 수많은 약 봉지들이 놓여 있었는데, 그것들을 물끄러미 바라보다 방을 나온 나는 무심코 욕실에 들어갔다가 그만 가슴이 무너져 내리는 듯한 슬픔을 느꼈다. 욕실 구석의 은색 철제 선반 위에 가득 쌓여 있던, 아직 쓰지 않은 새 일회용 면도기들 때문이었다. 자신이 이런 처지가 될 줄은 꿈에도 모른 채 행여 떨어질까 미리 새 면도기를 여럿 사서 욕실 한편에 구비해 두었을 아버지를 생각하니, 한 인간이 자신의 편의와 생활의 용이를 위해 나름의 원칙으로 일군 그 모든 삶의 흔적들이 가여워 견딜 수가 없었다. 그런 데에는 일절 관심이 없을 거라 생각했던 아버지도 오늘은 어떤 옷을 입고 어떤 모자를 쓸까, 색깔과 모양을 고려하며 나름대로 고민하고, 나한테 꼭 맞는 어떤 물건이 떨어지면 어쩌나 노심초사하며 미리 여벌로 더 구비를 해놓는, 아버지도 나와 꼭 같은 걱정과 고민을 하며 세상을 살던 한 명의 평범한 인간이었던 것이다. 너무 당연하게도.

18

나는 그때 그, 아버지 없이 엄마 혼자서 지키고 있던 집엘 처음 들어갔을 때의 일을 떠올리면서 말을 시작했다. 그러니까 누나, 나는… 지금 아버지가 이렇게 되셔서 내가 누나들보다 더 슬프다고 말하고 싶은 건 아니야. 그렇지만… 나는 여전히 조금은 냉담한 표정의 누나들의 시선을 견뎌가며 어렵사리 말을 이었다. 누나들과 내 입장은 조금은 다르다는 걸 이해해 주면 좋겠어. 누나들한테 아버지는 가끔 보는 챙겨야 할 부모지만 나한테는 같이 살면서 일상을 공유하던 존재였거든. 내가 이 말을 왜 하냐면, 그때 그렇게 엄마 혼자 있는 집에 갔다가 불 꺼진 빈방을 보면서 사람이 죽으면 뭣 때문에 그렇게 슬픈지 생각을 해보니까 있던 게 갑자기 없어져 버리는 거, 매일 보던 일상의 풍경이 변하는 거, 그게 가장 고통스럽고 슬픈 일이더라고.

독자들 앞에서 강연할 때는 원고 한번 보지 않고 한 시간이고 두 시간이고 말을 술술 뱉어내던 나는, 정작 평생 봐온 누나들 앞에서는 왜 이리 말이 잘 안 나오는지, 마냥 더듬거리면서도 이번만큼은 물러설 수 없다는 각오로 겨우 말을 이어나갔다.

엄마가 아버지 그렇게 되시고도 처음엔 눈물이 안 나더래. 그러더니 언제 처음 울음이 터졌다는지 알아? 바로 그 매일 당연하게 반복되던 일상이 되풀이되지 않는 걸 확인했을 때였어. 아무리 다투고 원망을 했어도 아버지가 새벽 네 시 반이면 어김없이 안방에서 나와서 갔다 올게요, 하고 당신한테 손을 들어 인사하고는 늘 그렇게 문을 열고 집을 나서는 게, 그게 지난 십 년, 이십 년 하루도 거르지 않고 반복되어 온 엄마 아빠의 일상이었잖아. 물론 엄마는 그게 받아주기 귀찮고 싫을 때도 있었겠지. 그런데 아버지 그렇게 되시고선 다음 날 새벽 네 시 반이 됐을 때, 아버지가 꼭 지금 당장이라도 안방에서 문을 열고 나올 것만 같은데 안 나오더래. 진짜 지금 당신 눈앞에서 평소처럼 자기가 사다 준 노란 닥스 잠바를 갖춰 입고선 어기적어기적 느린 속도로 걸어 나와서는 자기를 보며 손을 들고 웃을 것만 같은데, 아무리 기다려도 나오질 않더래. 그때부터 걷잡을 수 없이 눈물이 나오더라는 거야.

19

나는 부모가 당한 변고 앞에 자식들마다 느끼는 슬픔의 크기가 다를 수밖에 없다는 걸 말하고자 하는 건 아니었다. 나는 다만 내가 아버지와 다시 한번 티비로 야구경기 중계방송을 보는 일의 의미를, 누나들이 알아주었으면 하는 생각에 말을 이을 뿐이었다.

나도 엄마랑 똑같았어. 나도 엄마 아빠 사는 아파트 동 앞에 가면 당장이라도 아버지가 엘리베이터에서 내리다가 날 알아보곤 웃으면서 반가워하실 것만 같아서 얼마나 괴로운지 몰라. 하지만 이젠 그럴 수 없는 거잖아. 이제 다시는 새벽에 바깥에 나갔다가 운동 가는 아버지랑 우연히 마주칠 일도 없고, 저녁이면 아빠 엄마 사는 데 가서 집 안에 불이 켜져 있나 꺼져 있나 고개 쳐들고 확인하는 일 같은 거 이제 더는 할 필요가 없게 된 거잖아. 그러니까, 나만 해도 이런 소중한 것들이 이렇게 한순간에 아무것도 아닌 게 되어버리는 게 기가 막혀 죽겠는데 아버지 입장은 어떨까 하는 거지. 아버지도 취향과 취미가 있는 한 인간으로서 나름대로 누려온 소중한 일상들이 있을 텐데, 나는 아버지가 종일 티비를 보시던 거랑 또 저녁이면 티비로 야구경기를 챙겨 보시던 게 그런 거라고 생각을 하거든. 근데 그걸 이렇게 단지 예방 주사 한번 잘못 맞았다는 이유로 순식간에 다 빼앗기도록 내버려두지 말고, 단 며칠 아니 하루라도 좋으니 아버지가 평소 정신으로 가족들과 같이 티비도 보고 야구도 보는 그런 시간을 꼭 한번 다시 마련해 드리고 나서 보내드려도 드렸으면 좋겠다는 거거든. 내가 무슨 이 와중에 그걸 아름다운 영화 속 장면처럼 생각해서 그러는 게 아니라, 그게 아버지의 일상이자 나의 일상이었기 때문에 마지막으로 그거 한 번만 더 누리다 가시게 할 수 있다면 어떤 방법이든 찾아보자 이거지. 무조건 안 된다고, 병원에 이대로 두는 것만이 우리가 할 수 있는 최선이라고만 하지 말고.

그렇게, 꽤 긴 시간 누나들은 듣고 나는 말했다. 글쎄 모르겠어. 내 성격이 이상해서 그런지 난 친구가 정말 없거든. 그런데 누나들은 아버지를 닮아서 아직도 친구들이 그렇게 많고 그 친구들이랑 여전히 어울리면서 여행도 다니고 모임도 하면서 살고 있잖아. 그러니까 내가 하고 싶은 말은, 내가 맨날 엄마 아빠한테 가서 얘기도 하고 야구도 보고 그러는 게 난 순전히 그분들을 위해서 해드리는 일이라고만 생각했는데 아니더라고. 오늘도 엄마한테 두 번이나 갔더니 엄마가 이제 그만 오라고 하는데, 난 자꾸만 또 가게 되는 거야. 그래서 내가 왜 이러지? 생각을 해보니까 엄마도 엄마지만 내가 허전해서 자꾸만 가는 거더라고. 늘 보던 집 안 풍경이 아니니까 아무리 가도 속이 채워지질 않는 거지.

그때야 알았지. 아, 내가 맨날 부모님 사시는 데 뻔질나게 드나들었던 게 어쩌면 부모님이 아니라 나를 위해서 그랬던 건지도 모르겠구나, 하고. 그러니까 누나들한테는 이 일이 단순히 아버지가 돌아가시는 일일 수도 있겠지만 나에게는 아버지이면서 어떤 면에서는 하나뿐이던 친구가 가버리는 일일 수도 있다는 거지. 그래서 지금 이 판국에 그깟 야구경기 보는 게 뭐가 그렇게 중요하다고 자꾸 그 얘길 하는 거냐고 내게 묻는다면, 나로서는 그런 이유가 있다는 거지. 딱 한 번이라도 좋으니까 그 집에서 늘 벌어지던 풍경이 한 번만 더 벌어졌으면 좋겠다는 거. 그걸 아버지 눈으로 직접 보게 해드린 다음에 보내드려도 보내드리자는 거지.

그날, 긴급히 모여 길다면 길고 짧다면 짧은 대화를 나눴던 우리는 아버지 투석 문제에 대한 결론을 유보하기로 했다. 논의 처음과 달리 무조건 투석을 하지 않기로 하기보다는 조금 더 알아본 다음 상황을 봐서 다시 얘길 하자는 쪽으로 정리된 것이다.

둘째 누나를 집 앞까지 태워다 주고선, 큰누나와 나는 다시 둘이서 차를 타고 서울 집으로 돌아왔다. 밤이라 간선도로를 달리는 차들이 무섭게 속력을 내는 와중에, 우린 좀 전까지 오랜만에 격한 대화도 주고받고 서로 짜증도 낸 터였기 때문에 나는 누나의 눈치를 보느라 애써 다른 얘기를 꺼내려고 하는데 누나가 말했다. 너의 마음은 알겠는데 난 이렇게 생각해. 나는 이제는 누나가 하는 말을 들어야 할 차례라고 생각해서, 조용히 입을 닫고선 누나가 하는 말에 귀를 기울였다. 아버지가… 가능한 한 빨리 가시는 게 아버지 본인은 물론 우리 모두에게 가장 좋은 거야. 그러더니 누나는 덧붙였다. 그래서 난 이번 일에서 누가 뭐래도 그렇게 되도록 악역을 맡을 거야. 우리 집에서 그거 할 사람은 나밖엔 없으니까.

누나는, 평생 자신을 지탱하고 우리 동생들에게 지대한 영향을 주던 어릴 적 대장의 모습으로 그렇게 말하고 있었다. 나 역시 이성으로는 그래야 한다는 것을 모르진 않았지만, 나도 내 부모가 내 곁을 떠나는 일이 언젠간 오리라는 것을 알고 그게 얼마 남지 않았다는 것도 알았지만, 그래도 지금은 아니라고, 이렇게 마지막 인사조차 나누지 못한 채 보내드릴 수는 없다는 마음이 끊임없이 고개를 쳐드는 걸 막을 수는 없었다. 그 인사 한번을 하기 위해 어떤 대가를 치러야 하는지는 꿈에도 알지 못한 채.

많은 가족들이 연명 치료에 대한 충분한 정보 제공 없이 순식간에 결정을 하도록 내몰린다. 특히 일단 연명 치료를 시작하고 나면 결코 중간에 멈출 수 없다는 사실을 모르고 나중에 후회를 하는 경우도 많다. 심지어 지금 미국에서 딸아이가 오고 있으니 그때까지만이라도 환자를 살려야 한다며 연명 치료를 하자고 했다가 나중에 땅을 치고 후회를 한 사람의 이야기도 들었다.

그 인사 한번을 하기 위해 환자가 고통 속에 무의미한 삶을 끝없이 연장했기 때문에.

3부

아버지에게 가는 길

엄마는 그저, 아버지에게 감기 기운이 있으니 당분간 집에
오지 말라는 말만 반복했었다. 함께 사는 자식이 무대에 서
는 직업을 가지는 바람에, 목이 조금만 칼칼해지며 감기 비
슷한 게 찾아올 기미만 보여도 급히 데운 물을 마셔가며 목
을 진정시키던 엄마였다. 덕분에 아버지까지 감기를 잘 피
해 가셨는데 이번 감기는 도무지 왜 이렇게 오래가는지 엄
마는 이해를 하지 못하고 있었다.

그래서 이제쯤이면 괜찮아지셨겠지, 하고 전화를 걸었을
때에도 엄마는, 뭔가 심상치 않은 목소리로 오지 마, 아버지
증세가 더 심해지셨어, 하면서 마치 국가 재난급의 긴급한
일이라도 벌어진 양 전화를 끊었고, 그날 새벽 나는 평소 잘
꾸지 않던 꿈을 꾸었다. 나는 웬일인지 아파트가 아닌 마루
가 있는 한옥으로 변해 있는 부모님 댁에 가서 앉아 있었는
데 처음엔 크기가 거의 토끼만 한 살찐 쥐 한 마리가 내 종
아리 밑을 스쳐 지나가더니(털이 닿았다), 이윽고 식탁 위며
소파 위를 수십 마리의 쥐들이 점령해 버리는 게 아닌가. 나
는 그 모습에 기겁하여 다급히 엄마를 찾았으나 아무리 불

러봐도 엄마는 대답이 없고, 그렇게, 내가 세상에서 두 번째로 끔찍해하는 생명체와 한 공간에서 같이 있는 고통에 몸부림치다가 끝내 잠에서 깨고 말았던 그 시각. 웬만하면 거르는 법이 없던 새벽 운동 가는 일조차 포기한 아버지가 몇 시간 뒤 엄마 없는 집에서 그대로 쓰러지고 말았던 것이다.

그렇게 쓰러져버린 아버지를 따라 함께 격랑 속으로 빠져든 우리 가족이 또다시 아버지를 구하기 위해 사방팔방으로 뛰어다닌 지도 어느새 열흘이 흘렀다. 오늘은 코로나 격리 기간이 끝난 아버지가 음압실에서 일반 병실로 옮겨져 드디어 면회가 가능해진 첫날. 나는 약속시간 조금 전에 미리 부모님 댁에 가서 직접 엄마를 모시고 내려와 내 차 조수석에 태워드리고는, 신길동에 있는 A의료원으로 출발했다.

(22)

아버지에게 가는 길은 이상하게 멀었다. 분명 내비게이션상으로는 집에서 삼십 분 정도밖에 걸리지 않는데. 언제가도 차들로 붐비는 태릉 길을 거쳐서였을까, 거리에 비해 가는 경로가 생각보다 복잡해서 그랬을까.

처음 가본 A의료원은 듣던 대로 규모가 대학병원급으로 크고, 한눈에 봐도 여러 체계가 잘 잡혀 있는 곳이었다. 병원에 거의 다다를 즈음, 엄마는 주차 공간이 많으니 걱정하지말라고 말했지만, 엄마가 말한 곳은 주차가 가능한 곳이 아니라 병원 현관 앞에서 손님을 기다리는 택시들이 잠시 정차를 하는 곳이었다. 나는 병원 건물 지하로 내려가 면회객들이 몰고 온 차들로 북적이는 주차장에 겨우 차를 대고는, 엄마를 부축한 채 아버지가 있다는 팔층으로 올라갔다. 병동 입구에는 대기실 역할을 하는 일종의 로비가 있었는데, 그곳엔 꼭 우리처럼 얼굴에 걱정과 근심이 가득한 일단의사람들이 삼삼오오 모여 있었다.

뭐든 서두르기 좋아하는 엄마 덕분에 조금 일찍 도착한 우리는, 약속 시간에 딱 맞춰 도착한 둘째 누나와 누나의 첫째딸이자 나의 조카인 유진이와 합류해 빈 테이블 하나를 차지하고선 면회시간이 되기를 기다렸다. 엄마는 며칠 만에아버지를 제대로 본다는 생각 때문인지 뭔가 들뜨면서도긴장된 얼굴로, 회사까지 빠져가며 할아버지 병문안을 온

손녀를 챙기면서, 또 한편으론 무슨 내용인지 누나와 계속해서 귀엣말을 주고받았다.

이윽고 네 시 반 정각이 되어 그동안 굳게 닫혀 있던 유리문이 열리자 이미 문 가까이에서 종종걸음을 치고 있던 면회객들이 우르르 잰걸음으로 병동 안으로 쏟아져 들어갔다. 여섯 사람이 함께 쓰는 너른 병실에 홀로 침대 하나를 차지하고 누운 아버지는, 양팔과 두 다리가 마치 중죄라도 지은 죄인처럼 침대 난간에 단단히 묶여 사지를 꼼짝할 수 없는 채로, 코에는 콧줄을 밑에는 소변줄을 차신 채 실로 비참한 모습으로 우리 앞에 나타나셨다. 아버지는 여든여섯의 고령이었지만 바로 옆 동에 사는 아들이 저녁때 집에 들르면, 함께 그날의 프로 야구경기를 보며 열을 올리던, 그냥 그 나이에 가능한 거의 모든 일상을 누리던 평범한 노인이셨다. 그랬던 분이, 단지 그놈의 예방 주사 하나 잘못 맞았다는 이유만으로, 그저 숨만 끊어지지 않았을 뿐이지 평소의 모습이라곤 전혀 생각할 수 없는 존재가 되어버린 것이었으니.

다급한 발걸음으로 아버지에게 다가간 엄마가 눈을 감고 누워 있는 남편을 향해, 여보 우리 왔어요, 하고 말을 건네자, 아버지는 이내 눈을 뜨며 우리를 알아보는 듯했다. 그런 아버지가 마치 이제야 자기 말을 들어줄 우군을 만났다는 듯 우리에게 처음으로 하신 말씀은 끈으로 단단히 묶인 팔을 겨우 쳐들며 이걸 좀 풀어달라는 거였다. 아버지는 영화 〈양들의 침묵〉에 나오는 닥터 한니발 렉터처럼 두 팔을 묶인 것으로도 모자라 손에는 손 싸개 같은 것까지 씌워져서 그야말로 팔과 손으로는 아무것도 할 수 없도록 결박당한 채로 계셨다. 아버지의 요청에 누군가 팔에 걸린 끈을 풀려했지만 마침 간호사가 들어와, 그럴 수 없었다. 환자가 자기 손으로 콧줄을 잡아 빼시지 못하게, 그리고 저희들(의료진)에게 힘을 쓰시지 못하도록 묶어둔 거거든요. 그러니까 면회하시는 동안만 조금 느슨하게 해주시고 가실 때는 도로 묶어주셔야 해요. 안 그러면 저희를 막 발로 차시기도 해서…

네? 발로 찬다고요?

그런 간호사의 말에 누나가 놀라고 있는 동안, 엄마가 재빨리 줄을 풀자 아버지는 과연, 간호사의 말대로 그 즉시 손을 코로 가져가 콧줄을 빼려고 들었다. 우리가 놀라 말리자 아버지는 뒤이어 물을 바라셨지만 그 역시 우리가 들어드릴 수 있는 것이 아니었다. 아버지는 신장 때문인지 물을 드시면 안 되는 상황이어서, 대신 엄마는 아버지의 허옇게 부르트고 메마른 입술에 급한 대로 생수 물을 휴지에 조금 적셔 축여주셨다. 아버지는 그것도 물이라고 혀를 빼 안쓰럽게 날름거리셨는데, 무슨 이유에선지 입 주위엔 검붉은 피딱지가 잔뜩 앉아 있었다. 엄마의 반대편에서는 둘째 누나가 계속 휴지로 아버지의 가래를 받아내가며, 아버지 귀에다대고 특유의 자상함으로 아버지 이렇게 해드려요? 저렇게 해드릴까요? 하면서 뭔가 계속 얘기를 건넸다. 심지어 서른이 넘은 조카 유진이까지 자기 맨손으로 할아버지의 뺨을 어루만져가며 그렇게 모두가 아버지를 돌보고 살피는 데에 여념이 없는데도, 나는 이 모든 게 기가 막히고 어이가 없어서 그저 멍하니 그 광경을 지켜보고만 있었다. 아버지는 약기운 때문인지 우리가 말을 걸면 어설프게나마 대답을 한 후 곧 다시 눈을 감으려고만 하셨다. 그 모습을 보며 나는, 어쩌면 저렇게 사지가 묶여 물도 못 마시고 가족도 만날 수 없는 채로 이곳에 갇혀 있다는 사실을 아예 인식하지 못하도록, 그저 잠들어 계시는 게 아버지에게 더 나은 일인지도 모른다는 생각을 했다.

아버지가 여기 누워 계신 동안 고통과 슬픔에 울부짖으며 부모의 무사 귀환을 바라던 시간들은 다 무엇이었을까. 내 집 거실과 단지 바로 옆에 붙어 있는 작은 시민 공원을 수없이 왕복하면서, 아버지 좀 살려달라고, 그게 어려우면 마지막 인사라도 나눌 수 있게 해달라며 그렇게 기도했는데. 그러다가 왜 응답이 없냐며 누구에게 향하는지도 모를 분노를 허공에다 쏟아내고는, 나는 지레 겁이 나 다시 용서 구하길 그렇게 반복했는데.

열흘 만에 만난 아버지를 두고 내가 그런 허탈감에 빠져 있을 무렵, 흰 가운을 입은 담당 의사가 병실로 들어왔다. 삼십대 후반쯤으로 보이던 그 남자 의사는 시종일관 굳은 표정으로 아버지를 살피더니 우리 중 누군가가 투석에 대해 묻자, 이렇게 대답함으로써 나를 더욱 허탈하게 했다. 투석이요? 지금 환자가 전반적으로 상태가 너무 안 좋으셔서 그런 걸 받으실 몸 상태가 아니세요.

그랬구나. 이제 와 돌이켜보니 받을 수도 없는 투석을 가지고 할 것인지 말 것인지 온 가족이 그 난리를 쳤던 것이었구나. 이렇게 상태가 절망적인데, 그것도 모르고 나는 아버지랑 마지막으로 뭐라도 해보겠다고 그 애를 썼던 것이구나. 살면서 뭐든, 실망하지 않기 위해 기대조차 하지 않으려는 태도를 줄곧 고수해 온 나는, 이번만큼은 도저히 그럴 수가 없어 매 순간 기도하고 바라고 꿈꾸었었다. 하지만 그런 나를 비웃기라도 하듯 여지없이 다가온 익숙한 실망감 앞에 나는 그 어떤 말도 할 수 없었다.

$$24$$

작가로서 나는 세상에는 두 가지 종류의 사랑이 있다고 늘 말해왔다. 하나는 내가 주고 싶은 걸 주는 사랑이요, 다른 하나는 상대가 원하고 필요로 하는 걸 주려는 마음이라고.

아버지는 무슨 이유에선지 혀가 안으로 말려 들어간 듯한 불분명한 발음으로 말씀하셨는데, 그나마 식구들이 묻는 말에 단답형으로라도 대답하던 아버지가 갑자기 국가와 민족이 어쩌구 하면서 누가 봐도 헛소리가 분명한 말들을 웅얼웅얼 늘어놓는 모습을 보면서 나는 생각했다. 이건 내가 알던 아버지가 아닐뿐더러, 내가 알고 다시 만나고 싶어 했던 그분은 이미 저 위 어딘가로 가신 건지도 모르겠다고. 그러자 순간, 내 안에서 커다란 슬픔이 차오름과 동시에 나도 모르게 악마와도 같은 냉담함이 한 일 프로쯤 생겨나는 것을 나는 느꼈다.

생각해 보면, 이 병실에 처음 들어섰을 때부터 줄곧 내가 아버지에게 다른 가족들처럼 가까이 다가가지 못했던 건, 아마도 지난 열흘간 내가 했던 상상이나 기대보다 훨씬 좋지 않은 아버지의 상태 때문일 텐데, 그것으로 나는 아버지에 대한 내 지난 열흘간의 마음이 세상의 두 가지 종류의 사랑 중 어느 쪽인지를 알 것 같았다. 나는 이 지경이 된 아버지에게 진정 필요한 게 무엇인지 헤아리려 하기보다는 아버지가 회복되심으로써 그저 내 슬픔과 내 아쉬움이 덜어지기만을 바랐던 것이다. 하지만 평소 내가 그것이야말로 좀 더 고차원적인 마음이며 진정한 사랑이라고 주장하던 '내가 주고 싶은 것이 아닌, 받는 사람이 원하는 뭔가'를 주려고 해도, 도대체 아버지가 뭘 원하는지를 알아야 드리든지 말든지 할 것 아닌가. 이렇게 산송장으로 누워 있느니 어서

빨리 당신의 목숨이 다하길 바라시는지, 아니면 어떻게든 살아서 침대 위에 누워서라도 질긴 삶을 연장하길 원하시는지, 도무지 어느 쪽인지를 알아야 들어드리든 말든 할 텐데. 그걸 알 수 있는 방법조차 없다는 사실 앞에 그저 출구 없는 미로에 빠진 쥐라도 된 기분에 허우적대고 있을 때, 아까 왔던 담당 의사가 다시 병실 문 앞으로 오더니 들어오지는 않고 우리에게 말했다. '보호자님 중 한 분과만 복도에서 얘길 나눴으면 좋겠다'고. 그러자 나를 제외한 가족 전체가 우르르 몰려 나가는 바람에 나는, 그제야 병실에서 어쩔 수 없이 아버지와 단둘이 남게 되었다.

누군가 육십오 도쯤 세워놓은 매트리스에 기대 비스듬히 누워 있던 아버지는 여전히 눈을 감고 있었다. 모처럼 둘만 남은 그 순간까지도 나는 아무런 말 없이 그저 가만히 서서 아버지를 지켜보고만 있었다. 아버지가 마치 말하는 법을 잃어버린 아이처럼 혀 말린 소리로 웅얼웅얼하는 걸 듣고 싶지 않았기 때문이었다. 그러다 왜 그랬는지, 나는 순간적으로 아버지의 어깻죽지를 가만히 한 손가락으로 쿡 하고 눌러보았다. 그러자 생각보다 보드랍고 물컹한 살 더미 안으로 내 오른손 검지가 마디 하나쯤 쑥 하고 들어갔다. 그전까지 아버지의 무기력한 모습에 어쩔 줄 몰라 하다 못해, 아버지의 무사 생환을 바라던 염원이 받아들여지지 않은 상황에 반쯤은 서운하고 반쯤은 냉담함마저 느끼던 나는 어쩐지 그 따뜻하고도 부드러운 감촉에 마음이 조금 풀어졌는데, 놀랍게도 그건 태어나서 내가 아버지와 가진 첫 번째 스킨십이었다.

(25)

아버지는 다른 집 아버지들처럼 자식들 손을 잡고 뭘 하는 타입이 아니셨다. 그래서 나는 다른 남자아이들과 달리 아버지랑 목욕탕 한번 같이 가본 적이 없었다. 당연히 서로의 벗은 몸을 볼 일도 없었고, 살이 닿을 일 자체가 없었다. 딱 한 번, 어려서 처음 두발자전거를 탈 때, 내가 그걸 타고 마당을 몇 바퀴나 돌도록 아버지가 밀어주신 적이 있었다. 실은 그것도 당신이 가서 좀 잡아주라는 엄마의 권유 때문이었을 텐데, 그럴 때조차도 아버지는 자전거 뒤편을 잡아주었을 뿐 내 허리를 잡거나 어깨를 감싸주시지는 않았다. 물론 그렇게 땀이 나도록 아버지가 밀어준 덕분에 평생 두 발로 된 것이라면 무엇이든 탈 수 있게 된 건 맞지만 말이다.

아버지와 나 사이에는 대화도 없었다. 아버지와 내가 스무 살이 넘을 때까지 나눈 대화라곤 '물 떠 와' '네'가 전부였다. 믿거나 말거나 사실이다. 아버지가 특별히 말씀이 없으시 거나 과묵한 분이 아니었는데도 이상하게 서로 말할 일도 몸 부대낄 일도 없었다. 아버지는 나의 진로나 학업에 대해, 또는 취미 생활이나 친구 관계에 대해 뭔가 상관하거나 아 버지로서 말씀해 주신 것이 정말 살면서 단 한 마디도 없었 다. 그래서 나는 자라면서 아버지와 특별한 유대를 자랑하 는 아이들을 보면, 그게 남자아이든 여자아이든 간에 뭔가 부러우면서도 퍽 신기한 기분이 들곤 했다. 나에 관한 모든 것은 오로지 엄마의 소관이었기 때문에.

다만 내가 스물여덟이라는 비교적 어린 나이에 결혼을 하 기 전날 밤, 아버지는 내 방에 들어오셔서는 거의 처음이자 마지막으로 아버지로서 몇 말씀을 해주셨는데, 가장 먼저 해주신 말씀은 절대로 외도하지 말고 어떠한 일이 있더라 도 가정을 지키라는 것이었다. 왜냐하면 남자는 그래야 한 다는 논리셨는데, 아버지는 정말로 일생 결벽적일 정도로 엄마 외의 다른 여성과는 가까이하지 않으셨고, 실제로 평생 가정을 지켰으며(이혼하지 않았으며) 배우자를 두고 다른 여성을 만나는 남자들을 늘 강하게 비난하셨다. 비록 엄마는 남편이 바람을 피우지 않는 건 부부지간에 당연히 할 도리를 한 것이기 때문에 생색낼 일이 아니라며 일축하시긴 했지만.

아버지가 두 번째로 들려주신 말씀은 결혼을 앞둔 아들을 향한 일종의 성교육이었다는 점에서 나로서는 민망하고 또 의외의 것이었다. 평소 부자지간에 작은 농담조차 나눠본 적이 없었는데 갑자기 성교육이라니! 아버지는 마치 너는 아직 어려서 이런 것을 잘 모르겠지만 하는 투로 강조하시길, 잠자리에서는 항상 너 자신보다 배우자의 만족을 더 생각해야 한다고 하셨다. 왜냐하면 이번에도 아버지는 그게 남자의 역할이기 때문이라는 논리를 대셨는데 그래도 아버지가 적어도 침대 위에서만큼은 남편으로서 그런 자세를 가지고 엄마를 대했다고 생각하니, 아버지에게 모처럼 훈화를 듣는 기분이 그리 나쁘지만은 않았다. 비록 나와는 살면서 손 한번 스칠 일 없고 대화도 거의 없던 부자지간이긴 했지만 말이다.

그래서 그랬을까. 좀 전까지도 나는 이런 아버지의 모습이 슬프고 안됐다는 생각보다는 너무 황당하고 믿기지가 않아서 가까이 다가가지조차 못하고 있었다. 하지만 어쩐지 손가락 하나로 이루어진 그 작은 접촉 한 번에 마음이 뭔가 몽글몽글해진 나는, 아버지가 이 지경이 되시기 이전부터 우리 사이에 놓여 있던 어떤 크고 오래된 장벽이라도 허물어진 듯, 그때부터 계속 아버지의 팔이며 다리를 하염없이 어루만지기 시작했다. 안 그래도 늙어 가늘어진 아버지의 다리는 열흘간 침대에 누워만 있느라 그런지 그새 근육이 모두 소실되어 마치 마른 장작개비처럼 얇아져 있었다. 아, 이렇게 생기 없이 허옇고 종이짝처럼 얇은 다리를 전에도 본 적이 있는데. 삼십 년 전, 중풍 당뇨로 쓰러져 내내 바닥에 주저앉아서 생활하시던 당신의 어머니이자 나의 할머니의 다리를 그 긴 세월을 지나 여기서 이렇게 다시 보게 될 줄이야.

그렇게, 나는 다른 가족들과는 달리 아버지에게 어떤 말도 건네지 않은 채 그저 팔이며 다리를 주무르기만 했는데, 계속 주무르고 쓰다듬고 만지다 보니 참 이상하게도 그것이,

한마디 말보다 더 깊이 아버지에게 건네는 내 마음 같다는 생각이 들었다. 어쩌면 진작에 우리 부자는, 지금부터 사십 년, 오십 년 전에 이미 부모와 자식으로서 이렇게 살이 닿았어야 했었는지도 몰랐다. 그래서 아버지는 지금, 내가 어릴 적 아버지에게 건넸으나 잘 들을 수 없었던 어떤 말이나 물음 혹은 부탁에 대한 응답을, 당신의 이토록 얇아진 다리를 통해 수십 년의 세월이 흐른 지금에서야 들려주시는 건지도 몰랐다.

잠시 후, 의사를 만나 궁금한 것들을 죄다 물어본 가족들이 병실로 돌아오자, 면회시간의 종료를 알리는 안내 방송이 나왔다. 우리는 각자 아버지에게 인사를 건넨 후 병실을 나섰는데, 생각해 보니 저녁이면 부모님 댁에 건너가 아버지랑 야구를 조금 봐드리다 방을 나서려고 할 때면, 아버지는 아쉬우신지 애써 웃으며 나를 붙드실 때가 있었다. 왜, 좀 더 보고 가지. 물론 매일 그러셨던 것은 아니었고, 어쩌다 한 번씩 안쓰러울 만큼 소극적으로 나를 붙드는 아버지를 달래느라 건네던 인사가 '또 올게요. 아버지'였는데. 그걸 여기서 다시 하게 될 줄이야.

매일 저녁 아버지 방에서 그 말을 입에 담을 때마다, 나는 젊어 헤아릴 수 없이 많은 친구들과 시간을 보내던 사람의 노년의 외로움에 대해 생각했고, 젊어서와는 달리 오로지 티비만을 상대하며 하루를 보내야 하는 늙은 아버지의 고독에 대해 생각했다. 그래서 그런 아버지를 달래느라 내일 또 올 테니 너무 아쉬워 마시라며 건네던 그 인사를, 나는 아버지가 여기 누워 계신 열흘 동안 한 번만 더 할 수 있게 해달라고 얼마나 빌었는지 모른다. 진짜로 더도 안 바랄 테니 딱 한 번만 다시 그 말을 할 수 있게 해달라고, 한 번이면 된다고, 내가 사는 아파트 근처 공원 산책길을 십일월 추위에 밤이 새도록 돌면서 기도하고 또 기도했었는데.

바로 그 '또 올게요'라는 인사를 잘 알아듣지도 못하는 아버지에게 하고 난 후, 나는 과연 내 소원이 이루어진 것인지 알 수 없었다. 이렇게 이런 곳에서 이런 상황에서 다시 그 인사를 하길 바란 것은 아니었으므로 그렇다면 소원이 이루어지지 않은 것인지… 어쨌든 아직은 숨이 붙어 있는 아버지가 알아듣든 말든 다시 그 말을 하게 된 건 맞으니 그럼 소원이 이루어진 것인지… 나는 알 수 없어 하며 병실을 빠져나왔다. 비록 평소처럼 아버지로부터 그래 건너가라, 하는 답례를 듣지는 못했지만. 나는 내 입에서 다시는 하지 못할 줄 알았던 인사를 나도 모르게 하고선, 왜 그런지 그 '또 올게요'라는 한마디는 그 말을 뱉은 내 입 주위에서 병실을 나선 후로도 꽤 오래도록 맴돌았다. 무의식에서나마 아버지가 내 인사를 듣긴 하셨을까, 궁금해하면서. 들었다면 속으로라도 답을 하셨겠지, 짐작하면서.

살면서 그때만큼

웃음이 절실했던 적도 없었던 것 같아요.

누가 알겠어요.

눈물을 감추려고 그랬는지.

내 마음이 왜 이럴까

그날, 첫 면회를 마치고 온 날 밤에 나는 엄마에게 아버지 상태가 크게 좋아졌다고 의사가 그랬다더니 어떻게 된 거냐고 묻지 않았다. 엄마가 무슨 말을 듣고 와서 그랬는지는 몰라도, 안 그래도 아버지 때문에 충격이 큰 엄마를 다그쳤다가 무슨 일이라도 생길까 누나들은 걱정하고 있었다. 나는 아버지 일이 터진 후 당신의 병원 예약 같은 일정도 종종 놓치는 엄마에게 아버지와 관련한 중요한 일—의사와 단독으로 만나거나 병원의 중요한 연락을 받는—을 맡겨서는 안 된다는 입장이었지만, 누나들 생각은 달랐다. 석원아, 엄마는 지금 자존심이 상하는 거야. 자기가 고령인 데다 심신이 쇠약하다는 이유로 무조건적 보호 대상이 된다는 게. 그러면서 큰누나는 내게 덧붙였다. 엄마는, 지금의 위기 상황을 아버지의 배우자이자 보호자인 자신이 주도해서 대처하지 못하고 있다는 사실에 큰 무력감을 느끼고 있다고.

그러니까 엄마한테 절대 뭐라고 하면 안 돼. 알았지?

하지만 나는 누나들이 그렇게 당부하기 전부터 벌써 열하루쨰 엄마에게 그 어떤 짜증이나 화도 내지 않고 있었다. 열하루가 그리 대단한 기록인 거냐고 묻는다면 이렇게 대답하겠다. 알다시피 부모에게, 특히 엄마에게 짜증을 내지 않는다는 건 평생에 걸쳐 노력해도 되지 않을 만큼 힘든 일 아니던가? 물론 그러고 나서 돌아서면 매번 후회가 드는 건 자식들 몫이기에, 이제는 엄마한테 그러지 말아야지, 진짜 그러지 말아야지, 아무리 다짐을 해도 되지 않던 일이 이렇게, 부모가 돌아가실 위기에 처하는 극단적인 상황이 되고 나서야 비로소 그 모든 화와 짜증이 멈추게 될 줄이야.

나이 든 부모를 모시고 사는 자식으로서 그분들과 보내는 일 분 일 초가 얼마나 귀한지 진작부터 모르지는 않았다. 그렇지만 막연히 걱정만 하던 일이 현실로 닥치자, 나는 엄마에게 짜증 내지 않는 걸 넘어서 뭐가 되었든 엄마에게 해가 되는 일은 손톱만큼도 하고 싶지 않았다. 문제는, 엄마를 지켜야겠다는 마음이 너무 커지다 보니 내가 아닌 누구라도 어떤 형태로든 엄마에게 타격을 주는 일을 손톱만큼도 용납할 수 없게 되었다는 것인데, 그런 나의 간절한 마음에도 아랑곳없이 엄마에게 지속적으로 해를 가하고 스트레스를 주는 이가 있었으니, 그건 바로 엄마 자신이라는 사실이었다.

28

그때 엄마는 아버지 때문에 슬프기도 슬펐지만, 엄청난 공포 또한 느끼고 있었다. 그 공포의 안쪽을 좀 더 구체적으로 들여다보면, 아버지처럼 당신도 신장이 안 좋아져서 저렇게 말도 못 하고 의식도 흐려지는 신세가 되면 어쩌나, 하는 것이었다. 그런 게 무섭다면 무엇보다 짜고 매운 음식을 먹는 일부터 하지 말아야 할 텐데. 그런데도 당장 힘들고 귀찮다는 이유로 평소 먹던 짜디짠 된장찌개와 시뻘건 김치 하나만을 놓고 엄마가 대충 끼니를 때우는 모습을 볼 때마다, 나는 엄마의 신장이 곧 어떻게 될 것만 같은 엄청난 스트레스에 직면했다. 하지만 엄마는 내가 아무리 말려도 계속해서 내가 먹지 말라는 걸 먹고, 연락하지 말라는 사람과 연락해서 끝내 안 받아도 될 스트레스를 자청해서 받고, 아무리 무리하지 말라고 해도 종일 어딘가를 돌아다니다 한없이 지친 모습으로 집에 돌아옴으로써 나를 미치게 했다.

그런 엄마를 가능하면 저기 어디 무균실에라도 넣어놓고 그 어떤 해도 입지 않게 보호하고 싶었지만, 엄마는 아버지와는 차원이 다른 고집과 자유의지의 소유자이기에, 그런 일은 애초부터 가능하지 않았다. 오히려 그런 내 마음, 그러니까 엄마를 지키려는 마음이 크면 클수록 나만 더 감당 못할 스트레스에 지쳐갔다. 그즈음 어느 저녁이었다. 그날도 나는 자기 전에 엄마를 한 번 더 들여다보기 위해 집을 나섰는데 이상하게 가슴이 뛰기 시작하더니 늘 타던 부모님 댁 엘리베이터에서 내릴 때 즈음엔 숨이 차다 못해 호흡이 곧 멎을 것만 같은 기분에 도저히 더 걸을 수가 없었다. 내가 왜 이러지? 아까 먹은 저녁이 체하기라도 했나?

그날 나는, 결국 부모님 댁 문 앞까지 갔다가 들어가길 포기하고 돌아선 뒤 집으로 돌아와서도 한참을 고생했다. 조금 진정이 되나 싶다가도 엄마 생각만 하면 이상하게 가슴이 방망이질을 치고, 세상이 곧 끝날 것만 같은 공포가 나를 뒤덮으니 이게 도대체 어찌 된 영문인지. 내가 그 이유를 궁금해하는 동안 증상은 점점 더 심해져서 나중엔 엄마를 떠올리거나 엄마가 연상될 만한 공간에 접근하거나 심지어 엄마와 관련된 사람과 연락을 주고받는 것만으로도 곧 죽을 것만 같은 상태가 되어, 어느 날 저녁 이 모든 증상을 네이버 검색창에 써넣고 보니 그게 바로 말로만 듣던 공황장애였다.

큰일 났다. 지금 이 순간 누구보다 엄마와 가까이 그리고 오래 붙어 있어야 하는데. 그래야 엄마를 돌보고 지킬 수 있는데.

29

세상의 많은 자식들이, 특히 내 세대의 여러 아들들이 그랬듯이 나 역시 어려서는 엄마를 속된 말로 참 많이도 등쳐 먹었다. 나는 일찍부터 여기저기에 글을 쓰다가 스물일곱 살에는 아예 직접 잡지사를 차리게 되는데 이 역시 엄마에게 할지 안 할지도 모르는 결혼 자금을 미리 받아 회사를 차린 것이었다. 어느 날 그렇게 만든 창간 준비호를 싣고 서점으로 배달을 가다가, 아버지에게 물려받은 수명이 이십 년은 족히 된 낡은 소나타가 도로에서 퍼지자 나는 울면서 엄마에게 전화를 걸었다. 엄마 어떡해. 차에서 연기가 나… 나는 회사 대표쯤 됐는데 차가 이래서야 되겠냐며, 일단 처음 두 달만 새 차의 할부금을 내주면 나머지 삼십사 개월 치 잔여 할부금은 틀림없이 내 힘으로 벌어서 내겠다고 엄마를 꼬드겼다. 엄마는 그런 나의 제안이 현실성이 있다고 생각했는지 이십육 년 전인, 당시로써는 스물일곱이라는 나이에 몰기엔 꽤나 고급차였던 현대자동차 소나타 쓰리 dohc 2.0을 뽑아주셨다. 색깔은 검은색이었다. 하지만, 내가 하는 일이 늘 그랬듯이, 때마침 한반도에 상륙한 아이엠에프의 직격탄을 맞고 잡지사가 조기 폐업하자, 엄마는 그 모든 차

값과 할부이자를 홀로 떠안아야만 했다. 아들과 관계된 일이 항상 그랬듯이 말이다.

그렇게 부모의 등을 치고 사실상 사기를 쳐가며 살아오던 내가, 그래서 돈 얘기만 나오면 일단 다른 가족들의 얼굴부터 어둡게 만들던 막내가, 인격의 성숙이나 그런 것은 제쳐두고라도 적어도 이 집안의 일원으로 살면서 더이상 돈 문제로 다른 가족들에게 불안을 끼치지 않는 존재로 거듭났던 건 서른네 살이 되고부터였다. 사람이 뭔가 해보려고 아무리 발버둥을 쳐도 다 때라는 게 따로 있는 것인지, 그렇게 애를 써도 벌리지 않던 돈이 하필 서른네 살이 되어 이혼을 하고 나자 그때부터 서서히 들어오기 시작했다. 그렇다고 무슨 떼돈을 번 건 아니었지만, 당시 나는 인사동에 마흔다섯 평짜리 와인바까지 열게 됐는데, 내가 그걸 차릴 때까지만 해도 엄마는 내 돈벌이에 대해 여전히 강한 의구심을 갖고 계셨다. 내가 돈 한 푼 대주지 않았는데 저 애가 무슨 돈으로 이 넓은 가게를 차린 것일까, 저러다가 또 형편이 조금만 궁해지면 이 핑계 저 핑계를 대가며 나한테 손을 내밀겠지, 하며.

하지만 손을 벌리기는커녕, 이후 나의 수입이 점점 더 늘어

가자 엄마는 그때부터 서서히, 신뢰라는 게 본래 그렇듯 아주 서서히 조금씩 적어도 돈 문제에 관해서 만큼은 자식에 대한 의심을 거두기 시작했다. 그리고 그때부터였을 것이다. 그 후로 쭉 내가 두 분 부모님을 경제적으로 책임져 온 것이. 마치 엄마에게서 평생 뜯어온 돈을 이자까지 듬뿍 쳐서 되돌려드리기라도 하듯이.

내가 지금 이 얘기를 하는 이유는, 나 이렇게 효자라고 낯뜨거
운 자랑을 하려는 게 아니라 오히려 그것과는 전혀 상관이 없
는 다른 측면의 이야기를 하고 싶기 때문이다.

30

그렇다고 내가 그 일, 그러니까 부모에게 돈을 드리고 자식
으로서 돌봐드리는 일을 떠밀리듯 억지로 한 것은 아니다.
오히려 그 일은 내게 삶의 기쁨이자 심지어 유일한 목표 비
슷한 것이기도 했으니까. 그래서 주위 친구들이 부모님께
드리는 액수가 너무 과한 것 아니냐거나, 너도 노후 대비를
해야지 어쩌려고 그러느냐는 말을 건넬 때도 별로 신경 쓰
지 않았다. 자식이 부모에게 어디까지 해야 정상이고 어디
까지 해야 비정상인지에 대한 기준 같은 건 난 몰랐으니까.
그렇지만 이런 건 어떨까. 부모를 지키고 싶은 마음이 너무
커서 부모의 일거수일투족을 통제하려 들고, 그 통제에 부
모가 내 맘처럼 따라주지 않는다는 이유로 이렇게까지 극
한의 스트레스를 받는다면? 그래서 내가 지켜야 할 대상(엄
마)을 만나거나 심지어 단지 떠올리는 것만으로도 심장이
미친 듯이 뛰고 곧 죽을 것만 같은 상태가 돼서 자기 엄마
있는 집에 들어가지도 못 하고 문 앞에서 되돌아 나온다면?

아마 그때부터였을 것이다. 부모에 대한 내 마음에 뭔가 다
른 비밀이 있는 건 아닌지 의구심을 갖게 된 것. 작가란

본래 자기 머릿속 생각이나 감정의 이유 같은 것들을 언어로 형상화하는 게 직업인 사람이기도 하거니와, 어떤 감정이 지금처럼 생활이 어려울 만큼 나를 지배할 때, 나는 그 감정의 실체를 들여다보려는 시도를 할 때가 많다. 그렇게 나 자신을 들여다보고 내 마음의 정체를 알게 되는 것만으로도 상태는 분명 나아질 때가 있기 때문에.

그래서 나는 쇠똥구리가 똥을 굴리듯 내 안에서 키운 의구심의 덩어리를 굴리고 또 굴렸다. 아무리 부모의 목숨이 경각에 달려 있다고 한들 자식인 나의 삶이 어떻게 이렇게까지 송두리째 무너져 버리고 말 수가 있는 것인지, 왜 똑같은 자식인데 큰누나는 아버지의 죽음을 받아들이려 했던 반면 나는 부모와 이별하는 일이 이토록 힘이 들고 영원히 감당이 안 될 것만 같은지, 왜 나는 나 자신이 아니라 부모를 돌보는 일이 삶의 가장 큰 목적이 되었으며 때문에 그분들이 돌아가신 이후의 삶은 도무지 상상하기가 어려운지, 그것이 정말 막내이기 때문이라는 것만으로 설명이 가능한 일인지. 나는 알고 싶었고 마침내 적어도 한 가지 답은 알게 되는데, 그건 어떤 극적인 사건이나 계기가 있어서가 아니라 그저 둘째 누나와 잠깐 전화 통화를 한 덕분이었다.

31

당시 누나는 엄마에 대해 유난히 안 좋은 얘기들을 내게 많이 전했다. 석원아, 오늘 엄마가 또 아프셔. 석원아, 오늘은 하지 말라는데도 누구랑 전화 통화를 하다가 화가 나서 밤새 울기까지 하셨다더라, 하는 식으로 말이다. 나중에 알게 된 거지만 누나 입장에서는 나와 엄마의 상태를 빠짐없이 공유해야 한다는 생각에서 그런 것이었는데, 덕분에 누나가 의도치 않게 내 공황장애 발병에 기여했으므로 나는 그런 누나를 말려야만 했다.

밤 열 시. 아마도 내 짐작에 누나가 하루 일을 마치고 가족들 뒤치다꺼리까지 다 하고 난 후 겨우 쉬고 있을, 나로서는 누나와 통화를 시도하기에 그나마 적절해 보이는 시간. 휴대전화를 열어서 둘째, 라고 쓰여 있는 연락처를 누른다. 우리 집 식구들은 누구 하나 성격이 간단한 사람이 없는데 둘째 누나는 그중에서도 뾰족하기로는 맨 꼭대기에 서 있는 사람이다. 평소 어지간히 꼭지가 돌지 않는 한은 타인에게 대체로 자상하고 섬세하게 대하는 편이기 때문에 엄마나 나나 누나를 많이 의지해 왔다. 우리 집에서는 오직 누나만

이 그런 자질을 갖고 있었기 때문에. 하지만 그러면서도 누나는 언제 밖으로 솟아 나올지 모르는 예민한 바늘을 속에 한가득 품고 있는 타입인지라, 누나의 존재에 매번 안도감을 느끼면서도 한편으론 언제 무슨 일로 날카롭게 반응할지 몰라 항상 긴장하며 대해야 했다.

누나. 지금 기분 좀 어때?
왜.

기분을 물어본다는 건 좋은 얘기가 아닐 확률이 높은 만큼 누나는 대번에 경계하며 무슨 일이냐고 물었다. 나는 누나가 앞으로는 가급적 엄마 얘기를 하지 말아주었으면 하는 내 부탁을 어떤 오해나 왜곡 없이 받아들일 수 있도록 내 상태를 구구절절 말하기 시작했는데, 그 과정에서 뜻밖의 일이 벌어졌다. 나는 그저 내가 왜 이런 부탁을 해야만 하는지를 누나에게 납득시키기 위해 가능한 한 소상히 내 이야기를 한 것뿐인데, 그저 성난 바늘에 찔리지 않고도 목적을 달성할 수 있도록 조심조심 말했을 뿐인데 하다 보니 나도 모르게 상황이 정리되고 나도 모르게 스스로 답을 찾았다고 할까?

아, 내가 지금 엄마에게 자식으로서 사랑하길 지나쳐 거의 집착을 하고 있구나.

하고 말이다.

어려서부터 동물원을 좋아했어요.

나중에

좁은 우리에 갇혀 있는 불쌍한 동물들과

만나는 일이

그렇게라도 보고 싶은 마음이

차원이 낮은 형태의 사랑이라는 걸 알게 됐지만

세 평짜리 햇볕도 안 드는 곳에서 살던 아이를

부드러운 흙이 깔린 오십 평 백 평짜리 공간으로

옮겨주는 일이

무의미하다고 생각할 수는 없었죠.

32

나는 평생 그게 그렇게나 두려웠다. 나를 낳아준 사람과 언젠간 영원한 작별을 해야 한다는 사실이. 그 두려움이 나이를 먹어도 잦아들기는커녕 더욱 커지는 걸 보면서, 나는 다른 친구들에 비해 내가 엄마와 이토록 유난한 애착 관계를 형성하게 된 이유가 무엇인지 가끔 궁금할 때가 있었다. 왜냐하면 엄마는 내가 이렇게까지 당신의 부재를 두려워할 만큼 사랑과 행복을 듬뿍 주었다기보다는, 진저리가 날 만큼 가혹하게 어린 아들인 나를 길렀기 때문이었다. 나는 스무 살이 될 때까지 엄마의 허락을 받지 않은 외출은 일절 허용되지 않을 정도로 철저히 통제된 환경에서 자랐는데, 어쩌다 성탄절이라든가 특별한 날에 허락을 받고 나간다 해도, 어디서 누구와 뭘 하고 있는지를 한 시간마다 집에 전화해서 보고해야 하는, 자식이 아니라 거의 포로의 삶을 살았다.

그런 엄마였으니 머리가 조금 커서는 쳐다도 보기 싫어야 맞을 것 같은데, 나는 엄마에게 다른 친구들보다 유난히 더 애틋했다. 오죽하면 일종의 스톡홀름 증후군이었던 건 아닐까, 부모에 대한 내 마음의 순도에 대해 스스로 그런 의구심을 가져본 적도 있지만 답을 알 수는 없었다. 어른이 된 나는 그저 엄마에게 가능한 많은 행복을 주고 싶었고, 엄마가 사시는 동안 가능한 많은 시간을 함께 보내고 싶었다. 그래서 집을 잃은 부모님에게 기거할 공간을 마련해 드리고, 최소한의 삶이라도 누리시라 매달 돈을 드리고, 칠순이다 팔순이다 잔칫날이 되면 축하를 제대로 해드리기 위해 가진 돈과 시간을 전부 쏟아붓다시피 하며 살아왔다. 엄마의 생일잔치가 있을 때면 몇 달 전부터 점 찍어둔 후보지들을 일일이 돌면서, 갈 때는 꼭 동행을 데려가 실제로 주문을 해서 음식 맛을 보고, 접근성과 주차 공간과 친절도와 가격 등을 고려해 늘 신중에 신중을 기해 장소를 골랐다. 한 번은 팔순 기념으로 가방을 사드리고 싶어서 엄마를 모시고 사전에 후보지로 정한 백화점 세 군데를 돈 적이 있었다. 그 세 군데의 백화점에서 내가 물경 여덟 곳이 넘는 매장을 돌며 강행군을 하자, 엄마가 거의 생명이 꺼져가는 얼굴로 누나와 몰래 통화하는 소리를 나는 들었다. 다시는 얘랑 뭘 사러 오는 일은 하면 안 되겠어… 그만큼 내게는 엄마를 위하는 일이야말로 진정 내 삶의 콘서트였으며, 나는 그 콘서트를 직업으로 치르던 것과 똑같이 언제나 수개월에 걸쳐 준비하고 실행했다. 하나뿐인 관객이 그 정성에 지쳐 나가떨어질 만큼.

어쩌면 그런 노력과 정성은 사랑이라기보다는 그저 두려움의 소산인지도 몰랐다. 언젠간 부모와 영원한 이별을 해야 한다는 사실이 두려워서, 그 공포의 감정이 엄마와 보내는 모든 순간을 이토록 특별하게 만들어버린 건지도 모른다고, 나는 자주 생각했다. 그리고 드디어, 내가 평생 두려워하던 순간이(물론 엄마는 아니고 아버지에게 닥친 일이긴 했지만 덕분에 다음 순번이 엄마라는 자각이 확연히 커지는 사건이었으므로) 기어이 나를 찾아왔을 때, 나는 무너진 거다. 예상보다 훨씬 더.

작가란 생각을 번역하고 감정을 번역하고
기분과 느낌과 이유를 번역하는 사람이다.
우리 머릿속에서 일어나는 많은 일들은
누군가에 의해 언어로 형상화되지 않는 한
그저 막연한 감으로써만 존재할 뿐이기에
그동안 나는 세상의 많은 다른 작가들과
더불어 열심히
내 속과 남의 속을 번역해 지면으로
옮겨왔으나
유독 한 가지 내 부모, 내 어머니에 대한
마음만큼은
왜 그런지 아무리 애를 써도
그 마음의 연유를 밝힐 수도,
마음을 언어로 풀어내는 일도 할 수 없었다.

마치 어릴 적 엄마가 직접 내준
수많은 문제 중 하나를 끝내 풀지 못해
초조해하고 막막해하며
엄마의 눈치를 보던 그때처럼.

5부

중요한 건 일상이었다

33

아버지의 면회가 허용되고 나자, 본격적인 병 수발의 시작
이랄까. 병원에 누워 있는 아버지를 보러 가는 일을 중심으
로 우리의 하루가 바뀌었다. 멀리 살고 다들 직업이 있는 누
나들은 사정이 될 때마다 왔고, 엄마와 붙어살고 집에서 일
하는 나는 매일 오후 세 시 즈음이면 어김없이 엄마를 모시
고 병원에 다녀오는 일을 반복했다. 그러고도 나는 내 집으
로 가서 있다가 자기 전에 엄마를 한 번쯤 더 보러 가곤 했
는데, 그럴 때마다 엄마는 자기는 괜찮으니 그만 오라며 나
를 말렸지만, 나는 그 말을 믿지 않았다. 엄마의 마음이 정
말 그랬다면 당신을 집 앞에 내려드릴 때마다—아버지를
보고 오느라 이미 세 시간이나 함께 있었는데도—올라가서
저녁 먹고 가라, 즉 나하고 좀 더 있다 가라는 말을 그렇게
외롭고 쓸쓸한 표정으로 하진 않았을 테니까.

다만 엄마가 혼자서도 잘 지낼 수 있다고 했던 건 꼭 빈말만
은 아니었는데, 그때 엄마에겐 분명한 자기 할 일이 있었다.
나는 독자들을 상대로 강연을 할 때, 나를 소개하기 위해서
라도 엄마 얘기를 자주 하는 편인데 나와 달리 우리 엄마라

는 사람을 설명하는 일은 생각보다 무척 간단하다.

저는 오늘 저라는 사람을 주제로 여러분께 몇 말씀 드리려고 하는데요. 저를 설명하기 위해서는 **빼놓을** 수 없는 사람이 있거든요. 바로 저희 어머니십니다. 저희 어머니가 어떤 분이신지를 한마디로 말씀드리면, 올해 연세가 여든셋이신데 대학에 다니고 계시거든요.

여기까지만 말해도 객석 여기저기에선 크고 작은 탄성이 터진다. 그 연세에 어떻게 그럴 수가, 하는 감탄의 의미일 것인데 그럼 나는 거기에 슬쩍 이 한마디로 마무리를 하면, 이야기의 시작은 언제나 순조로울 수밖엔 없는 것이다.

어떤 캐릭터인지 딱 아시겠죠?

34

나의 어머니는 일평생 누구도 말릴 수 없는 열정의 화신이었다. 물론 그 정도로 열정이 많은 사람의 자식으로 태어나 유년 시절을 보내는 일은 쉽지 않았다. 그 말릴 수 없는 열정이 막내아들인 내게 과다 투영되어 어린 초등학생이던 아들을 잠도 안 재우고 공부를 시키는 바람에, 끝내 아이가 쓰러져 소아정신과에 실려 가는 일까지 벌어졌으니까. 그 뒤로도 오랜 세월 정신과 신세를 져야 할 정도로 아들에게 혹독한 사적 통제와 사교육이 가해진 것에 대해, 피해 당사자인 나는—비록 먼 훗날 나이가 들어서의 일이긴 하지만— 이렇게 이해를 했다. 어머니의 그런 과도하고도 일그러진 욕망이 나에게 투영된 이유도 결국 우리나라의 공고한 학벌주의의 폐해 때문 아니었겠냐고(고등학교를 십 년 만에 겨우 마친 엄마는, 가까운 친척 중에 유일하게 이대를 간 사촌 동생의 이야기를 꽤 자주 하셨다).

그 아들이 자라서 서른여덟이 되던 해 어느 날, 어릴 적 사연을 책으로 써서 세상에 발표했을 때 내가 너한테 정말 이랬냐면서, 당시의 일을 조금도 기억하지 못하는 엄마를 두고 나는 얼마나 많은 생각에 잠겼던가. 그런 엄마를 두고서 나 혼자서 화해하고 나 혼자서 용서하면서 그렇게 내쪽에서 일방적으로 이해를 하기로 결심했던 건 엄마보다는 차라리 나 자신을 위한 일이었다. 그렇게라도 하지 않으면 살

수 없었으니까. 가슴속의 이 풀리지 않는 응어리를 언제까지나 안고 살아가고 싶지는 않았으니까.

그리하여, 열한 식구 대가족의 맏며느리로 시집와서 정신없이 사느라 너희들을 어떻게 길렀는지도 잘 모르겠다는 엄마를, 자신이 기억조차 하지 못하는 일에 대해 사과하는 엄마를, 내 나름 시대의 피해자로 규정하며 그렇게 이해를 해왔던 것인데. 그로부터 또다시 긴 세월이 흐른 지금, 팔순을 넘겨 생의 늘그막을 보내고 있는 엄마가 여전히 일관된 모습으로 살아가고 있는 걸 보면서, 나는 엄마에 대한 내 이해가 틀렸거나 최소한 다른 측면이 있다는 사실을 깨닫게 되었다. 엄마에게도 학위라든가 성적표 같은 세상의 세속적인 부분이 중요하긴 하겠으나(아마 많이 중요할 것이다), 그걸 떠나서 엄마는 그저 뭔가를 배우고 알아가는 일 자체를 너무나도 좋아하는 사람이었던 것이다.

젊어 서점(사실은 만화가 더 많아 만화방에 가까웠다던)을 운영하기
도 했던 엄마는 책이 읽고 싶은데 늙어 책 한 권을 손에 쥘 힘
이 없자《전쟁과 평화》며《안나 카레니나》같은 고전들은 물론
내가 너무나도 사랑해 마지않는 신경숙의《외딴방》과 그리고
양귀자의《모순》같은 비교적 최근작들까지, 그 모든 한 권의
책들을 일일이 서너 조각으로 찢어가면서까지 악착같이 책을
읽으셨다. 내가 먹을 것에나 보이는 집념을 엄마는 정확히 글
을 읽고 세상을 알아가는 일에 보이고 있었다.

35

내가 고등학교에 다닐 때, 엄마는 자식에게 붙인 서울대 연고대 출신 대학생 과외 선생들이 성에 차지 않는다며 직접 서울역 근처에 있는 유명 대입 학원 단과반을 다니기 시작하시더니, 정작 본인이 그해 한의대에 응시하셨다. 그런 엄마였으므로, 엄마가 나이 여든에도 여전히 배우고 싶은 게 있다면서 대학에 들어가셨을 때 우린 아무도 놀라지 않았다. 그게 우리가 평생 보아온 엄마의 모습이었기 때문에. 어떻게 보면 평소 컨디션이 아버지보다도 더 안 좋았던 엄마의 삶을 지탱하고 견인했던 건 바로 그 공부에의 열정과 집념이었고, 바로 그래서 아버지가 그 지경이 되셨을 때 마침 엄마에게 학교라는 울타리와 그곳에서 주어진 여러 과제들이 있었던 게 얼마나 다행이었는지 모른다. 비록 평상시와 같은 수준의 집중은 어렵다 하더라도, 어쨌든 공부하는 일을 손에서 놓지 않으셨기 때문에 엄마는 그나마 그 시간을 무너지지 않은 채 견딜 수 있었을 테니까.

하지만 나는 달랐다. 나는 안 그래도 늘 무슨 일인가로 바빴던 엄마와 달리, 언제나 공격보다는 수비에 더욱 큰 비중을 두고 살아왔다. 내게 세상은 목표를 설정해서 뭔가를 이뤄내는 곳이 아니라, 그저 내 이 잔잔한 마음의 평화가 깨어지지 않도록 늘 온 신경을 곤두세운 채 살아가야 하는 곳이었기 때문이다. 내가 감정이란 것에 진작부터 관심이 많았던 이유도, 대체로 그것이 삶에 안 좋게 개입해서 나의 내면의 영토를 훼손하는 경우가 많았던 탓이 크다. 그래서 지금처럼, 극심한 슬픔에 정상적인 생활 자체가 안 되는 경우에는 어떤 식으로든 그걸 해소하거나 최소한 완화하려고 필사적으로 애를 쓰게 된다. 관리를 하려고 든다고 할까?

한 번은 휴대전화를 뒤지다가 언젠가 찍은 가족사진을 발견하고는 얼마나 울었는지 모른다. 아버지의 생신 때였을 것이다. 분명 나는 그때도 평소처럼, 아버지가 다른 가족들은 상관하지 않은 채 자신만의 이야기를 늘어놓는 것도 싫고, 식사를 마친 뒤엔 늦여름 땡볕에 가족끼리 오랜만에 공원 산책을 하자는 큰누나의 제안도 영 탐탁지가 않아 얼른 집에 가고 싶어 혼자 안달을 했었다. 하지만 사진 속의 우리는 나의 기억이나 사실과는 전혀 상관없이 누가 보면 꼭 모범 가족 같다 할 만큼 사이가 좋아 보였다. 아버지는 왜 그렇게 인자한 할아버지처럼 사람 좋게 웃고 있는 것이며 다른 가족들도 다들 어쩜 그렇게 서로에게 다정하게만 보이던지. 그것은 분명 사진이라는 왜곡이 부린 마법일 테지만, 그걸 알면서도 나는 슬펐다. 이렇게라도 함께 모일 일이 다시는 없을 거라는 생각에. 그때도 나는 이 감정이 진짜인지 아니면 단지 상황에 취해 눈물을 쏟고 있는 것뿐인지 내 마음의 진위를 알고 싶어 했을까? 아마 아니었을 것이다. 왜. 가족이니까. 가족은 슬퍼할 만해서 슬픔을 느끼는 사람들이 아니라 사랑할 만해서 사랑을 주는 사람들이 아니라 그저 가족이기 때문에 모든 게 가능한 사람들이니까.

슬펐다.

너무 슬퍼서

누가 슬픔이 어떻게 생겼는지 물어보면

설명이라도 할 수 있을 만큼.

36

그날도 나는 어김 없이 엄마를 모시고 병원으로 향했다. 차
창 밖으로 보이는 풍경은 이미 색깔이란 걸 잃어버린 지 오
래였다. 늘 하던 대로 병원 앞 삼거리에서 정문 쪽으로 가려
는데 엄마가 후문으로 가자며 나를 재촉했다. 어디서 들었
는지 그쪽으로 가면 더 빠르고 편하게 차를 댈 수 있다는 것
이었다. 나는 엄마가 원하는 대로 핸들을 돌렸지만 그쪽 코
스를 택하게 되면 건물의 구조적 특성상 한 가지 문제가 있
었으니, 중간에 장례식장이 버티고 있어서 그 앞을 지나갈
수밖에 없도록 길이 되어 있다는 점이었다. 그곳만 통과해
서 가면, 분명 정문으로 가는 것보다 훨씬 수월하게 차를 댈
수는 있었지만, 나는 결코 장례식장이 있는 쪽으로는 가고
싶지 않았기 때문에 다른 길로 한참을 돌아갔다. 누가 미신
이라 해도 상관없었다. 나는 그, 쳐다보기도 싫은 장례라는
두 글자를 어떻게든 피하고 싶어 이를 악물고 핸들을 돌렸
다. 저 불길하기 짝이 없는 표식과 장소로부터 조금이라도
빨리 멀어지고 싶어서. 내가 그 앞을 지나쳐오면, 어쩐지 생
사의 기로에 서 있는 아버지의 운명이 나 때문에 다할 것만
같아서. 그런 나를 보면서, 평소 같았으면 진작에 왜 이렇게

돌아가냐고 한소리 했을 엄마는, 그때만큼은 무슨 눈치를 챘는지 내게 한 번도 뭐라고 하지 않았다.

(37)

그런 과정을 거쳐 팔층 병동으로 올라가 만난 아버지는 마치 매일 똑같은 하루가 반복되는 영화 속 주인공 같았다. 아버지는 우리가 당신을 보러 병실에 들어서면 처음엔 묶인 팔을 겨우 쳐들면서 이 끈을 좀 풀어달라고 했다가, 그럴 수 없다고 달래면 그다음엔 또 물을 달랬다가 그것도 들어드릴 수가 없어 난감해하면 다행인지 불행인지 본인 뜻이 이뤄지지 않았는데도 매번 큰 저항 없이 수그러드시곤 하셨다. 나는 그, 아버지의 평소에는 볼 수 없었던 순응적인 태도가 한편으론 다행이라고 느끼면서도 한편으론 아버지가 아닌 것도 같아 마음이 복잡하고도 무거웠다.

엄마랑 아버지가 발음으로 보나 내용으로 보나 대화라고 보기에는 어려운 말들을 삼십 분쯤 주고받다 보면 면회시간이 끝났다는 안내 방송이 나왔다. 이제 우리가 가고 나면 또 스물세 시간 삼십 분 동안 가족도 없는 곳에서 두 팔이 묶인 채로 홀로 누워 있어야만 하는 아버지에게, 우리만 아늑하고 편한 집으로 돌아가겠다고 인사하는 그 일이 나는 힘겨웠다. 그래서 번번이 그 힘들고 엄두가 안 나는 일을 다른 가족들에게 미루곤 했는데, 막상 엄마든 누구든 아버지에게 이제 가야 한다고, 내일 또 오겠다고, 병원에서 하라는 대로 말 잘 듣고 계시라고 말을 하면 아버지는 또, 내 걱정과는 달리 별다른 저항 없이 수긍을 하는 것이었다. 아니, 수긍하는 걸 넘어서 아버지는 상상도 못 했던 반응을 보임으로써 나를 경악하게 했는데, 그건 내가 유치원 다니던 어린 시절에도 아버지로부터 받아본 적 없고 해본 적도 없었던, 바로 한쪽 손을 들어 좌우로 흔들며 바이 바이를 하는 것이었다. 나는 우리가 헤어질 때가 되어 병실 침대에 홀로 남겨질 아버지가 매번 그 동작을 하실 때마다, 차라리 너희들 어떻게 나만 두고 갈 수 있냐며 악을 쓰시는 게 더 낫겠다 싶을 만큼, 도무지 그 지옥 같은 상황에 대한 어떤 불평도 없이 어쩜 그렇게 순응적이고도 해맑게 인사를 하실 수가 있는지 그걸 보고 있는 자체가 차라리 고통이었다.

그런 내 사정을 알 리 없는 아버지는 마치 그 일이 당신이 지금 할 수 있는 유일한 일이며 최선의 일이라는 걸 알기라도 하는 양 누운 채로 열심히 손을 흔드셨고, 그때마다 난 마음이 너무 힘들어서 엄마에게 얼마나 하소연을 했는지 모른다. 아이고 엄마, 나 제발 아버지가 저 바이 바이 좀 안 했으면 좋겠어. 눈물이 나서 미칠 것 같아.

그러다가 나중에는 그 모든 것, 그러니까 아버지가 자신의 처지에 놀라울 정도로 순응하는 모습을 보이면서 우리에게 묶인 손으로나마 흔들며 인사를 하는 그 동작과, 거기에 병실 문가에 둘러서서 답례로 같이 손을 흔들어 대는 나와 우리 가족들의 모습 모두가, 그 자체로 우리들의 새로운 풍경이자 일상이 되어버리고 말았다.

아버지는 생의 마지막 순간에 이르러서야 비로소

한 번도 해본 적 없는 다정한 방식으로

가족들과 소통하기 시작했다.

만약 아버지가 하루 스물네 시간 중 스물세 시간 삼십 분을 낯선 곳에서 홀로 누워 있으면서 난 이렇게는 못 산다고 나 좀 빼내 달라거나 혹은 차라리 죽여달라고 소리라도 쳤으면, 나는 물론 아마 우리 가족들은 제정신으로 살기가 어려웠을 것이다. 하지만 이유가 뭐가 됐든 겉으로나마 상황에 순응해서 우리를 편하게 보내주셨기 때문에, 그 덕에 나는 더이상 거리에서 아버지가 없는 불 꺼진 빈방을 올려다보면서도 울지 않을 수 있었다. 다시 말하지만 그건, 아버지가 나로선 상상도 하지 못했던 바이 바이를 했기 때문이라고 난 지금도 믿고 있다. 그 작은 손동작 하나가 그때의 우리 모두를 살린 거라고.

38

그런저런 노력 때문이었을까. 열흘이 넘고 또 보름이 넘는 긴 슬픔의 와중에도 매일 되풀이 되는 생활은 새로이 우리의 일상이 되었다. 아침에 일어나면 오후까지 각자 생업에 해당하는 자기 일을 하다가, 오후 네 시 반이면 병원을 찾아 아버지를 보고, 보고 나면 면회 온 가족들끼리 근처 식당에 가서 식사를 하거나 아니면 바로 흩어졌다. 저녁에도 여전히 서로 긴밀히 연락하면서 엄마를 돌보는 문제라든가, 다음 날 면회 때 중요한 손님이라도 오면 에스코트는 누가 할 것인가 등의 문제를 놓고 그날그날 필요한 것들을 수시로 상의했다. 와중에 하소연할 일이 있으면 서로 얘기도 하고 들어주면서 그렇게 하루를 마감하고 나면, 다음 날 또 자기일을 하다 아버지를 찾고 그다음엔 홀로된 엄마를 돌보다 잠이 들던 날들.

그래. 중요한 건 일상이었다. 무슨 일이 닥치든 매일 하던 것을 그게 행해지던 시간에 변함없이 계속하는 것. 그때 내가 병원에 가느라 이미 오후에 본 엄마를 밤에 다시 찾은 것도, 그것이, 아버지가 이렇게 되기 전 우리 가족이 매일 해오던 우리의 일상이기 때문이었다. 나는 엄마를 요즘처럼 병원에 가느라 오후 네 시에 보는 게 아닌, 우리가 매일 보던 그 시간에 보고 싶었고 그렇게 마주한 엄마와 매일 밤 나눈 이야기는 일상이란 게 대개 그렇듯 늘 같은 레퍼토리로, 순서마저 똑같이 매일 반복됐다. 처음엔 아버지 걱정으로 시작해서 중간엔 예전 우리 가족의 추억 이야기로 갔다가, 마무리는 어김없이 아버지에 대한 원망과 비난으로 열변을 토하던 밤들. 사람이 어떻게 그럴 수가 있지? 아, 내 말이. 누굴 욕하면서 그리워하는 건 아주 가깝고도 친밀한 사람을 걱정하고 회고하는 내 특유의 방식이기도 한데, 그럴 때 아버지를 욕하든 걱정하든 이야기를 나누는 엄마와 나의 호흡은 주거니 받거니 참 잘도 맞았다. 물론 세상 많은 일이 그렇듯이 걱정을 할 때보다는 욕을 할 때 훨씬 더 잘 맞긴 했지만 말이다.

6부

우리를 불쌍히 여기소서

설마가 걱정으로 바뀌고 걱정이 슬픔과 두려움을 거쳐 일상으로 진화하는 와중에도, 아버지의 병세는 나아질 기미를 보이지 않았다. 다른 가족들과는 달리, 아버지가 집으로 돌아오실 수 있을 거라는 실낱같은 믿음을 홀로 끈질기게 부여잡고 있던 엄마는, 아버지의 나을 길 없는 병세를 눈으로 매일 확인하더니 끝내 한동안 나가지 않던 성당엘 다시 나가셨다. 아버지에게 종부성사를 받게 해드려야겠다면서.

종부성사라는 게, 결국 죽음을 목전에 둔 이를 위해 행하는 의식이니만큼, 이제는 나 역시 최악의 경우를 생각해 보지 않을 수 없었다. 사실 왜 그런지 난 부모의 죽음이나 장례식 같은 문제에 대해 남들보다 일찍부터 그리고 유독 자주 생각했다. 상실에 취약한 성정을 타고난 관계로 어려서부터 특히 엄마의 부재에 대한 어떤 근원적 공포가 컸던 것이 그 하나의 이유였고, 또 하나는 이런 거였다. 누군가의 자식으로서 장차 내 부모를 언젠가 보내드리게 되었을 때, 내가 열심히 잘 살아서 부모님의 장례식장이 쓸쓸하지 않도록 가능한 많은 조문객과 근조 화환 같은 것들을 내 힘으로 동원

할 수 있어야 한다는, 거의 강박에 가까운 생각을 가진 채 평생을 살아왔다고 할까. 물론 원하는 대로 되진 않았지만 말이다.

40

내가 장례식이라던가 여타 집안 경조사를 치르는 데에 있어서 일종의 흥행에 대한 부담을 줄곧 느끼며 살아온 것은, 내 성장 배경으로 보면 결코 유난한 일만은 아니었다. 우리 집은 안 그래도 친척 수가 많은 데다 친구나 지인들이 셀 수 없이 많았던 아버지에 작은아버지까지 고위 공직자셨기에 집안에 큰 행사라도 있으면 하객이 기본 일천 명은 우습게 넘기는 풍경을 어려서부터 예사로 보며 자랐다. 그래서 나는 내가 이다음에 커서 어른이 되어 집안의 큰일을 치를 일이 있으면, 나도 저렇게 많은 사람들을 손님으로 동원할 수 있어야 한다는 의무감 혹은 동경 비슷한 감정을 평생의 숙제처럼 지니고 살았다. 그게 어른의 자격 비슷한 거라고 믿었기 때문에.

하지만 무슨 조화인지 나는 뭘 어떻게 해도 어른은커녕 그 근처에도 갈 수 없었는데, 내가 어른스러움의 핵심이라 여기는 인맥 문제만 해도 그렇다. 나는 아버지처럼 수많은 인맥은 고사하고 결혼식 때 친구들이 오지 않으면 어쩌나 식전날 밤까지 가슴을 졸이며 걱정을 할 정도였으니, 그런 일들이 거듭되면서 나는 이 사회의 정상적인 어른이 되는 길로 진입하지 못했다는 자책감과 결핍감에 늘 사로잡혀 있었다. 그래서 순수한 내 손님으로만 보면 명백히 흥행 실패라 할 만한 스물여덟 때 했던 결혼식 이후, 이제 남은 단 하나의 과제 즉, 내가 부모님보다 먼저 가지 않는 한 언젠가는 다가올 '그날'을 잘 치러야 한다는 생각에 나름대로 생을 열심히 살았다. 그때만은 결혼식과 달리 번듯한 근조 화환이라도 몇 개 내 앞으로 와 있어야 하고, 내가 동원하는 조문객들 또한 그 수는 물론 찾아오는 이들의 면면까지 남 보기에 번듯할 수 있도록 매사 주어진 일을 열심히 하면서 나름대로 분투했다. 하지만 아무리 노력하고 나이를 먹어도 나는 영 어른 흉내를 낼 팔자는 아니었던 걸까? 어느 날 비슷한 연배의 아는 영화 감독님이 부친상을 당하셔서 찾아뵀을 때, 나는 영안실 복도에 깔린 근조 화환의 끝 없는 행렬에 그만 입이 쩍 벌어지고 말았다. 장편 상업영화 감독으로서 나름의 입지를 분명히 한 분인 건 맞지만, 그렇다고 천만 흥행을 기록한 것도 아니요, 박찬욱이나 봉준호처럼 온 국민이 다 아는 유명인사도 아닌데 이 정도라니.

그날, 남의 집 애사에 찾아가서 남이 볼 땐 실로 엉뚱한 대목에서 충격을 받은 나는, 그날따라 유난히 그 액수가 초라해 뵈는 돈 십만 원을 봉투에 넣어 조의금으로 내고 나오면서 문득 상상을 해봤다. 만약, 내가 지금 당장 '그 일'을 치르게 된다면 과연 내 앞으로 놓일 근조 화환의 개수는 몇 개나 될까. 그나마도 음악은 그만두었으니 음반사에서는 뭐가 올 일이 없고, 현재 관계하는 출판사 한두 곳에서, 그것도 내 입으로 저… 부모님이 돌아가셨는데 화환 하나만 보내주실 수 있을까요, 하며 직접 요청을 하는 구차함을 견뎌야만이 겨우 하나두 개가 올까 말까 할 것이었다.

그놈의 근조 화환 좀 남 보기에 초라하지 않을 만큼 받으려고 나름대로 애쓰면서 아등바등 살았는데… 사실 그것은, 평생을 샛길로만 다녀온 사람으로서 내 능력과 운으로는 결코 따라잡지 못할 대로 위의 삶을 사는 이들을 볼 때면 늘 느끼던 익숙한 좌절감이기도 했다. 어차피 나는 내가 속한 사회가 말하고 인정하는 소위 말해 정상적인 코스와는 한참 동떨어진 삶을 살아왔으니까. 하지만 세상이란 게 원래 그런 것 아니던가? 비단 장례식만이 아니라 살면서 어떤 일이든 준비가 완벽히 되었다고 생각했을 때 그 일이 닥치는 경우가 언제 한 번이라도 있었던가? 난 언제나 내가 좀 더 나은 사람일 때, 내가 좀 더 잘 나가고 좀 더 성숙하고 하여튼 지금보다는 훨씬 더 준비가 되었을 때 무슨 일이든 벌어지길 바랐지만 그런 일은 애초부터 가능하지 않았다. 나는 결코 내가 원하는 수준의 사람이 되어본 적 없었고 아마 앞으로도 그럴 테니까. 그런 처지를 견디고 받아들이며 살아가는 게 결국 인생일 테니까.

아무튼 그렇게, 평생에 걸쳐 상상하고 준비해 왔던 일이 어느 날 아버지가 쓰러지심으로써 기어이 현실로 다가오고야 말았는데, 뜻밖이었다. 내가 이런 생각을 하게 될 줄은.

(41)

그러니까, 그동안의 나라면 내가 바라던 수준에 턱없이 못 미치는 상황에서 일이 벌어진 만큼, 없는 인연을 만들어서까지 사람을 하나라도 더 부르려고 했어야 그게 나다운 모습이었다. 심지어 정 아쉬우면 어디 가짜 화환 보내주는 곳에다 돈이라도 주고 몇 개 갖다 놔야 하나, 그럼 리본엔 어디서 보낸 거라고 적어야 하지? 하는 고민까지도 할 수 있는 게 나라는 사람이었다. 그런데 이게 무슨 일일까. 오히려 상상만 하던 일이 실제로 닥치자 나는 평생 가져왔던 생각과는 정반대로 사람을 하나라도 더 부르려고 용을 쓰는 게 아니라 어떡하면 한 명이라도 덜 부를 수 있을까를 고민하고 있었으니 말이다.

나는 내 집 현관 앞에서부터 베란다 직전 거실 끝까지 십여 미터쯤 되는 직선거리를 하염없이 왕복하면서, 정말로 일이 잘못되면 누구에게 연락을 하고 누굴 부르지 말아야 할지 헤아리는 일을 계속 반복했는데, 이상하게 인연이 사소한 사람이라도 불러야 한다는 생각보다는, 내 집 내밀한 집안 행사에 부르고 싶지 않은 사람들이 더 많이 떠올랐다. 그래서 부를 사람들을 추리고 추리다 영 완벽하게 내가 원하는 대로 되지 않는다면, 그래서 원치 않는 사람까지 내 부모 장례 치르는 데 찾아와 내 마음이 불편해질 거라면, 차라리 아예 아무도 부르지 않는 건 어떨까, 하는 생각까지 하게 되었다.

지금은 연락하지 않는 사람이다.
언젠가, 안 지 얼마 되지도 않았는데
우리 집안 행사에 한사코 쫓아와
내 어린 조카들이며 친척 어른들의
행색 같은 것들을
눈으로 바삐 스캔하던
어떤 사람의 모습이
내 부모의 장례가 눈앞으로 다가온 이때
불현듯 떠올랐다.

그런 사람을 하나라도 부르느니
차라리 아무도 부르지 않는 게 낫겠다고
나는 생각했던 걸까.

모르겠다. 한때는 너무도 절절히 중요하게 여기던 많은 것
들이, 세월이 흐르고 나이를 먹으면서 정말이지 하나도 중
요하지 않게 되어버리는 경험을 이번에 처음 해보는 건 아
니었다. 정말 그랬다. 서른여덟의 나는, 내게 꼭 맞는 차를
찾고야 말겠다며 한 해 동안 차를 무려 대여섯 번씩이나 바
꾸는 기이할 정도의 광기를 보이던 사람이었다. 그때의 내
겐 내가 타고 싶은 차를 타고 내가 갖고 싶은 것을 갖는 일
이 너무나도 중요해서, 법을 어기는 선이 아니라면 뭐든지
해서 기어이 원하는 걸 가지려 들었다. 하지만 세월이 흐른
지금 그때의 나는 어디로 가버렸는지, 이제는 십오 년이 다
되도록 똑같은 차를 몰아도 더는 새 차를 뽑고 싶다거나, 번
쩍번쩍 광이 나는 남의 차를 보면서 저 차 한번 타봤으면 하
는 마음이 전연 들지 않으니 어찌된 노릇일까.

어려서부터 지금껏 나를 지배하고 추동했던 건 주로 그런
것들이었다. 좋은 차를 타고, 크고 좋은 집에 살며, 면면이
번듯한 사람들과 어울리는, 주로 남 보기에 그럴싸한 많은
것들. 그런데 지금은 마치 다른 사람이 된 양 그 모든 일에

관심이 없어져 버렸다. 어릴 적에 아버지가 평창동에 사는 그야말로 궁궐 같은 아버지 친구 집에 우리를 데리고 가면, 그 크고 화려한 부의 세계를 목도하고도 다른 가족들은 아무도 부러워 미치겠다는 사람이 없었던 반면 나만은 나도 그런 집에서 한번 살아봤으면 하는 마음에 속으로 거의 열병까지 앓으며 신세 한탄을 하던, 나는 그런 아이였다. 심지어 출생의 비밀을 주제로 한 티비 드라마를 보면서 나도 언젠간 지금의 부모가 아닌 진짜 돈 많은 분들이 나타나서 얘야, 우리가 네 진짜 부모란다. 어서 집으로 가자. 널 오랫동안 애타게 찾아 헤맸어, 하며 날 데려갈 일이 있을 거라고, 그래도 난 지금의 엄마 아빠를 잊지 않을 거라고 다짐하며 잠이 들던, 나는 그런 아이였는데.

그래도 그런 부에 대한 동경과 (지금 생각해 보면 터무니없을 정도로 목표가 커서 차라리 순수하게까지 느껴지는) 상승 욕구 같은 것들 덕분에 나는 삶에 투지를 가질 수 있었고, 덕분에 여기까지 올 수 있었는데, 이제는 어떻게 그 모든 일에 그리 초연해질 수가 있는 건지. 혹 나이를 먹고 성숙해져서 그런 걸까? (그럴 리가!) 아니면, 바라던 어떤 것도 가지지 못한 처지를 비관하기 싫어 일종의 방어기제가 발동한 결과로 끝내 초연해지고 만 것일까?

그날따라 나는, 아무래도 아버지의 상상 속 장례식을 그려 본 탓이었겠지만, 유난히 이런저런 복잡한 마음을 가지고 평소처럼 병원으로 가기 위해 엄마를 모시러 갔다. 그리고 엄마를 차에 태운 후 운전을 하고 가면서도 계속 비슷한 의문들은 꼬리를 물었다. 왜 살면서 중요한 것들은 계속 변할까. 왜 전에는 그토록 열렬히 중요했던 것들이 지금은 하나도 중요하지가 않은 것처럼 느껴지는 걸까. 그럼 그때 나는 별로 중요하지도 않은 일에 그리 집착을 했던 것인가, 아니면 그때는 그때대로 중요했으나 지금은 그렇지 않게 된 것뿐인가.

그렇다면 진짜로 중요한 것은 무엇인지, 내가 사는 이 인생이라는 곳에 정말로 변함없이 중요한 게 있긴 한 건지 도무지 모르겠다는 생각을 하면서, 마침내 병원에 도착했다. 늘 하던 대로 장례식장을 피해 빈자리를 찾아 차를 대고 엄마를 부축한 채 엘리베이터를 타고 팔층으로 올라가선 나와 같은 처지의 다른 면회객들 틈에 섞여 병동 유리문이 열리길 기다리다가 이윽고 시간이 되어 오늘은 좀 어떠시려나 하는 마음으로 병실 안에 들어선 순간, 나는 알 것 같았다. 거기 그렇게 여전히 고통스럽게 팔을 들어올리며 이 묶인 것 좀 풀어달라는 시늉을 해 보이는 아버지를 보면서, 비록 하루 동안이지만 내가 그토록 궁금해하던 질문에 대한 답을.

그러니까 우리가 살아가는 이 삶이란 것에 시간이 아무리 흐르고 상황이 아무리 달라져도 결코 변하거나 번복할 수 없이 중요한 게 있었는데, 그것은 바로 인간은 단지 목숨이 붙어 있다고 해서 살아 있다고 말할 수는 없다는 것. 오직 사람답게 살 수 있을 때라야 저 이가 사람이고 지금 내 앞에 이렇게 숨 쉬며 살아 있다고 말할 수 있다는 것, 바로 그것이었다. 아아, 그럼 어쩌지. 그런 관점에서라면 지금 나의 아버지는 전혀 그렇지가 못한데, 결코 살아 있다고 보기는 어려운 상태로 살아 계신데 어쩌면 좋을까. 세상 어딘가엔 어쨌든 숨이 붙어 있는 한 생명이며 그것은 고귀한 것이어서 인간의 힘으로 함부로 끊어서는 안 된다고 믿는 이들이 있을지도 모르지만, 내겐 삶이 동반되지 않는 생명은 생명으로 여겨지지가 않는데 지금의 이 상황을, 이런 아버지를, 도무지 어찌 생각하고 받아들여야 한단 말인가.

생명은 어쨌든이 아니라

반드시 혹은 오로지라는 부사가 더 어울리는

개념이라고 생각한다.

숨이 붙어 있으니 어쨌든 생명인 게 아니라

오로지 삶이 동반되었을 때라야

생명일 수 있는 생명.

43

아침 동이 틀 때까지도 끄지 않은 티비에선 여전히 유럽 프로 팀들끼리의 축구 경기가 중계 방송되고 있었다. 나는 그 전날 밤에도 엄마에게 다녀온 후 집으로 돌아와 이런저런 구실을 붙여 야식을 먹었다. 간 없는 순대며 맵지 않은 국물 떡볶이 같은 것들을 배달시켜 배가 터지도록 먹고는 잠이 들었다가 눈과 손까지 퉁퉁 부어 일어난 게 아침 열한 시쯤. 일이 있어 부모님 댁에 들렀더니, 엄마가 매일 몸이 무섭게 불어나는 나를 보며 저러다 아버지처럼 된다며 걱정을 한다. 나라고 당뇨 환자가 되어 훗날 아버지 같은 신세가 되는 게 두렵지 않을 리가 있을까? 하지만 밤만 되면 솟구치는 이 엄청난 욕구를 내 의지로는 도저히 막을 길이 없다.

나는 술 담배를 하지 않는 대신 모든 희로애락의 감정을 먹는 것으로 푸는 대단히 안 좋은 식습관을 갖고 살았다. 요즘 들어 그런 행태가 더욱 심해진 것은 당연히 아버지 때문일 텐데, 거기에 또 하나의 중요한 이유가 있었으니 그건 쓰러져버린 아버지가 내게 던진 모종의 화두 때문이었다.

이번에 아버지 일을 겪으면서 나는, 사람이 자신의 마지막 순간을 스스로 선택할 수 없다는 사실에 너무나도 큰 충격을 받았다. 적어도 나는 사람들이 이 길고 번잡한 삶을 살다가 늙어서 설령 말기암 같은 중병에 걸린다 하더라도, 고통스러울지언정 치료를 택해서 삶의 연장을 노려볼 것인지, 아니면 치료를 포기하고 얼마 안 남은 시간을 가족과 함께 보내다 갈 것인지 등의 문제를 스스로 선택할 수 있을 줄로만 알았다. 그것이 내가 각종 방송 뉴스나 드라마 혹은 영화 등을 통해서 평생 보아온 암환자의 모습이요, 비단 암환자가 아니더라도 인간이라면 마땅히 누려야 할 최소한이자 마지막 권리였다. 그런데 의식은 있으되 자신이 처한 현실을 인식할 정도는 아니고, 팔다리는 스물네 시간 내내 묶여 마치 고문당하는 포로처럼 고통스러워하는 아버지를 볼 때마다 나는, 아아 이것은 살아 계신 것도 아니요 그렇다고 돌아가신 것도 아니라는 생각에 괴로웠지만, 도무지 그 상황을 끝낼 방법이 없다는 사실이 더욱 기가 막혔다. 내가 볼 땐 지금이 바로 그 연명 치료 상황인데. 지금이 사실상 목숨만 부지하고 있는 그야말로 생명 연장의 상태인데. 아버지와 우리 가족들은 모두 이런 상황을 거부한다고 분명히 서류에 사인을 해서 병원에 제출했거늘, 어째서 이 상황을 멈출 길이 없는 것일까.

44

그렇지 않은가? 식도가 망가져서 음식 같지도 않은 걸 겨우 코로 공급받고, 기도가 막혀 죽을까 봐 물 한잔도 마시지 못하는 사람이 사람인가? 자기 힘으로 똥오줌 눌 능력도 상실해서 나이 팔순에 기저귀에다 일을 보는 걸로도 모자라 생판 모르는 젊은 사람들이 아랫도리가 훤히 드러난 노인의 몸을 이리저리 뒤집어가며 아기 대하듯 뒤처리를 해주어야만 하는, 저 최소한의 존엄성조차 누리지 못하는 사람을 보고 과연 살아 있다 말할 수 있을까?

그것은 아버지에겐 예고도 없이 닥친 일종의 날벼락이었지만, 언젠간 우리에게도 닥칠 미래라는 점에서 나의 의문은 극히 현실적이고도 절박한 것이었다. 그리고 그런 내 의문에 대해 의사가 대답 대신 들려준 말은, 왜 그래야만 하는가와 같은 의학적인 해명이 아니라, 아버지와 비슷한 케이스로 아무런 차도도 없이 저 상태로 일 년을 누워 계신 분도 계셨다는 엄청나고도 가혹한 증언뿐이었다.

세상에, 저대로 침대에 누워 일 년이라니. 오, 하느님. 제발 우리 인간을 조금만 더 불쌍히 여기소서.

(45)

나는 그, 인간으로서의 숙명과도 같은 최후의 형벌을 우리 가족 중에 가장 먼저 나서서 받고 있는 아버지를 보러 다니면서, 그 변화 없고 길고 우울한 하루를 마친 다음 비로소 찾아온 나만의 시간에 할 수 있는 일이라곤 그저 매일 밤 뭔가를 먹는 것뿐이었다. 처음엔 떡볶이나 순대처럼 뭔가 묵직하고 짭조름한 것들을 먹기 시작해서 나중엔 달고 시원한 것으로 마무리를 하면, 그나마 길고 힘들었던 하루도 조금은 용서가 되는 기분이 들었다. 그렇게, 맛은 있으나 몸에는 좋지 않은 것들을 매일 밤 입속에 욱여넣는 행위가 내 몸을 망쳐서 훗날 아버지와 같은 대가를 치르게 된다 하더라도 지금 당장은, 이 채워지지 않는 속을 배가 터지도록 맛나고 자극적인 것들로 채우는 것 말고는 도무지 이 우울하고도 오붓한 나만의 시간을 보낼 길이 달리 어떤 것도 떠오르지 않았다.

그런 슬픔과 좌절 속에 내가 나를 망치든 말든 아버지의 병세는 조금의 자비도 없이 변화가 없었는데, 어느 날 이번에는 무슨 슈퍼박테리아가 생겼다면서 아버지는 다시 격리실로 향하는 신세가 되고 말았다. 잡히지 않는 염증을 잡으려 하염없이 항생제를 쓴 탓에 생긴 일종의 부작용이라는데, 큰누나로부터 전화로 그런 설명을 들은 나는 도무지 이 긴 터널의 끝은 어디일까, 하는 암담한 기분을 안은 채 그날도 엄마를 모시고 병원을 찾았다. 오후 네 시 삼십 분. 여느 때처럼 유리로 된 병동의 문이 열리자, 쏟아져 들어가는 면회객들 틈에 섞여 엄마와 나는 새로이 아버지가 옮겨졌다는 병동 복도 맨 끝방으로 향했다. 격리실이라더니 과연 병실 문 앞에는 기다란 철제 테이블이 하나 놓여 있었고 그 위에는 보호자들이 착용해야만 하는 전신을 덮는 비닐 옷과 비닐장갑, 마스크 등이 각각의 플라스틱 바구니 안에 가득 들어 있었다. 엄마와 함께 서둘러 그것들로 중무장을 하고선 병실 안으로 들어서니 말이 격리실이지 이인실이었던 병실 안은 뜻밖에도 작고 아늑했다. 그곳에서 아버지는 여전히 팔이 묶인 채로 누워 계셨는데, 놀라운 건 적어도 발은 이제 더이상 끈으로 묶여 있지 않았다는 점이었고, 더 놀라운 건 한쪽 벽 전체가 창문이라 볕이 잘 들던 그 이인용 병실 벽에 그것도 아버지의 바로 눈앞에, 그 전 병실에는 없었거나 한

149

번도 켜진 적 없어 미처 발견하지 못했던 물건이 걸려 있었
으니, 그건 바로 티비였다.

티비 없이는 깨어 있지도 잠들지도 못하던 할아버지로부터 아버지 그리고 나까지 삼대에 걸쳐 이어져 온 우리 집안 사람들의 티비 사랑의 역사 중에서도, 유독 아버지는 전설적인 일화를 많이 남겼다. 마치 자기 목숨줄이라도 되는 양, 잠을 자면서도 티비 리모컨을 손에서 놓지 않으시던 아버지는 주무시다가도 누가 티비 볼륨을 줄이거나 채널을 돌리거나 전원을 끄기라도 하면 귀신같이 알고는 일어나서 모든 것을 당신이 잠들기 직전의 상태로 정확히 되돌려 놓은 다음 다시 주무셨다. 그래서 우리 가족들이 아버지의 뇌는 티비와 연결되어 있는 게 틀림없다고까지 말하던 바로 그 티비, 이사를 갈 일이 있어 단 몇 시간만 볼 수 없는 상태가 되어도 마치 물 밖으로 나와 산소 공급을 받지 못해 헐떡이는 생선처럼 몸부림치며 괴로워하시던 바로 그 티비가, 이제 당신이 누워 계신 침대 맞은편 벽 상단에 말없이 걸려 있는 것이었다.

7부
—

귀환歸還

그로부터 약 한 달 뒤, 아버지는 퇴원이 전격 결정되었다. 퇴원은 아버지가 쓰러져서 그곳에 실려 오신 것만큼이나 갑작스러운 일이었다. 병원 원무과 직원이 집으로 전화를 걸어와 느닷없이 퇴원하셔야 한다는 통보를 하기 며칠 전까지만 해도, 담당 의사는 분명 우려 섞인 표정으로 우리에게 직접 이렇게 말했었는데. 생각보다 더 오래 계셔야 할지도 모르겠다고.

그렇다고 퇴원이 아버지의 병이 다 나았다거나 집으로 돌아갈 수 있음을 의미하는 것은 아니었다. 아버지는 여전히 밴드형으로 된 노인용 기저귀를 차셔야 했고 퇴원 직전까지도 정상적인 식사는 불가능한 상태였기 때문이다. 한 달 전, CRE라는 항생제 내성으로 생긴 슈퍼박테리아가 몸에서 발견된 아버지는 지금의 이인용 격리실로 옮겨졌다. 말했듯, 거기엔 티비가 있었는데 아버지가 그걸 보자마자 반쯤 감겨 있던 눈이 동그래지고 흐릿하던 정신이 말짱해진 것은 아니었다. 그 병실로 처음 갔을 때만 해도 아버지는 투명한 통창 너머로 보이는 바깥 풍경을 보며, 엄마가 아유 저

하늘 좀 봐. 여보. 오늘 날씨가 너무 좋죠? 하고 말을 건네도 별다른 반응을 보이지 않으셨다. 그게 대체 뭘 의미하는지, 뭐가 좋다는 건지, 마치 어린아이로 변해버린 치매 환자처럼, 아버지의 머릿속에는 더이상 풍경이며 날씨 같은 개념들이 존재하지 않는 듯했다. 그래서 내가 그곳 병실에 처음 가서 티비를 발견하곤 꼭 엄마처럼, 아버지 저 티비 좀 보세요. 아버지 저 사람 좋아하지 않으셨어요? 하면서 티비 뉴스에 나온 한 보수 정치인을 손으로 가리켰을 때에도, 아버지는 역시나 별다른 반응이 없으셨다. 그저 나 혼자 좋아서 들떴을 뿐(어쩌면 이제 아버지는 시선을 한곳에 모으는 것조차 어려워지신 건지도 몰랐다).

상황이 달라졌던 건 누군가 아버지 머리맡에 리모컨을 가져다 놓으면서부터였다. 그전까진 리모컨 없이 뉴스 채널만 고정적으로 틀어져 있어서 거기에 인터뷰를 하러 나온 정치인이나 옛날 코미디언들을 봐도 별 반응이 없던 아버지는, 마침내 채널 선택권을 갖게 된 내가 한 스포츠 중계방송을 틀어드리자, 비로소 반응을 보이셨다. 나는 보았다. 화면을 가득 메운 푸르고 드넓은 잔디를 가르며 데구루루 굴러가는 하얗고 작은 공을 보는 아버지의 눈이 커지는 걸. 그전까지만 해도, 뭘 보여드리고 무슨 말을 걸어도 별반 반응이 없던 아버지에게, 내가 볼 때 그건 분명 이 모든 사태가 갈 수 있는 한 가장 멀리까지 갔다가 비로소 원래의 위치로 되돌아오기 시작한 일종의 반환점이었다.

내가 반응 없는 아버지에게 티비 보여드리길 멈추지 않았던 건 그게 아버지에게 갖는 유별난 의미를 너무 잘 알았기 때문이기도 했지만, 병실에 가면 그러고 누워 있는 아버지와 딱히 할 얘기도 없는 데다 솔직히 말하면 어떤 날은 거기서 아버지와 단둘이 있는 삼십 분이 나로서는 고역일 때도 있었기 때문이다.

47

타인에 대한 친화력 말고는 별다른 장점이 없어 보이는 아버지이지만, 운동에 관한 재주만큼은 확실히 남다른 데가 있으셨다. 아버지는 중학교 때부터 시작한 유도로 학교 대표 선수를 지냈고, 탁구는 서울시에서 주최한 학생 선수권에 나가 입상을 할 정도였으며 심지어 당구는 나라 전체에서 챔피언을 하실 정도였는데(1973년에 열린 대회 당시 아버지의 사구 점수는 측정이 불가능하다고 해서 '만다마'라고 불리웠다) 그렇게나 운동을 좋아하고 잘하셨던 아버지의 최종 정착지는 골프였다.

아버지는 오래전 당신이 지금의 고등학교에 해당하는 종합학교에 다닐 무렵, 하필이면 같은 반 친구의 아버지가 그 시절로서는 정말이지 드물게 골프 연습장을 운영하고 있던 바람에, 거길 놀러 갔다가 평생의 애착거리를 만난 것이었다. 그렇게 시작한 골프는 중년과 장년 시절은 물론 당신의 공식적인 직함을 죄다 내려놓은 이후 남은 말년의 일상을 모두 채울 정도였는데, 엄마와 달리 일생 뭘 하고 싶은 것도 갖고 싶은 것도 없던 아버지에게 그 일이 갖는 예외적 특별함을 너무 잘 알았기에, 기를 쓰고 관련 채널을 찾아 보여드린 것뿐이었는데 나도 이 정도로 효과가 있을 줄은 몰랐다.

나… 어제… 미국 대통령하고 골프를 쳤어.

이제는 기억 속에서 희미하게만 존재했을 SBS 골프 중계방송을 보고 당신이 처음 반응을 보인 다음 날. 나는 아버지가 자신을 보러온 가족들에게 팔을 풀어달라거나 물을 달라는 게 아닌 다른 내용의 말을 하는 걸 정말 오랜만에 들었다. 물론 아버지는 지난밤 꿈에 그랬다고 하는 것이 아니라, 정말 현실에서 그랬던 것처럼 말을 하셨기에 이것은 분명한 헛소리, 즉 여전히 섬망이긴 했지만 그럼에도 엄마는 평소와는 다른 낌새를 놓치지 않고 아버지와 대화를 시작했다. 그래요? 미국 대통령 이름이 뭔데? 엄마가 그렇게 눈을 빛내며 조금은 어린애 대하듯 자신에게 질문을 던지자, 아버지는 무슨 그런 상식적인 걸 묻냐는 투로 아 바이든이지, 하고 대답을 함으로써 우리를 놀라게 했다. 이 정도만으로도 그때까지 우리가 병실에 누워 있는 아버지와 나눈 대화 중에서는 가장 대화다운 것이기 때문이었다.

48

티비가 혹은 골프가 아버지의 머릿속 어딘가를 자극했다는 것이 분명해지자 그때부터 나는 신이 나서 매일 면회를 가면 리모컨부터 찾기 바빴다. 병실에 들어간 내가 아버지 머리맡에 있는 협탁 위나, 아버지의 몸을 덮고 있는 얇고 구겨진 이불 틈 사이에서 그 직사각형의 작고 검은 물체를 찾아 손에 쥐고선 골프 채널을 틀어드리면, 아버지는 나 어릴 적 미국과 한국의 어린아이들이 각각 〈세서미 스트리트〉와 〈뽀뽀뽀〉 등의 어린이 프로를 보듯, 넋 놓고 그걸 보셨다. 아이들이 쇼를 통해 말을 배우고 다른 여러 세상을 살아가는 데 필요한 것들을 배우듯, 아버지 역시 그걸 보면서 잃었던 많은 것들을 하나하나 되찾아가고 있는 건지도 몰랐다. 아버지는 다시 한번, 이 세상을 어떻게든 살아내고 싶으셨던 것일까.

한번 긍정적인 쪽으로 발동이 걸리자, 아버지는 계속해서 우리에게 놀라움을 주셨다. 전날 바이든이라는 미국 대통령의 이름을 비교적 또렷한 발음으로 말해서 우리를 놀라게 했던 아버지는, 며칠 후 마지막까지 함께 골프를 쳤던 한

세무사 선생님 부부의 문병을 받았을 땐 아예 일상으로 돌아온 듯 멀쩡히 이야기를 해서 우리의 탄성을 자아냈다. 같은 연습장을 다닌 인연으로 맺어진, 비교적 아버지와 최근에 알게 된 분들이었다. 그분들은 일굴 한번 본 적 없는 엄마에게까지 여러 번 전화를 걸어서 꼭 나으실 거라고 용기를 주셨는데, 우리는 그걸 그저 고마운 덕담으로만 생각했지 정말로 이렇게 좋아지실 줄은 꿈에도 몰랐기 때문에 그 기쁨은 말로 다 할 수 없었다. (이 일로 나는 생의 중요한 교훈 하나를 얻었는데, 평소 비슷한 상황에서 근거 없는 기대를 갖기보다는 현실을 있는 그대로 직시해야 한다는 명분으로 결코 희망을 갖지 않으려는 태도를 반성한 것이었다. 왜냐하면 진짜로 희망은 있었고, 기적이 내 눈앞에 펼쳐졌기 때문에.)

그 주 일요일, 휴일을 맞아 병실을 가득 메운 면회객들—죄다 아버지의 자식 손주 사위였던—맨 앞에 선 엄마는 마치 티비 쇼 프로그램의 사회자 같았다. 엄마는 상기된 표정으로 퀴즈 문제를 내듯 가족들 한 사람 한 사람을 가리키며, 이 사람은 누구죠? 이 사람은? 하면서 아버지의 답변을 유도했는데, 그런 당신의 피붙이들을 아버지는 하나도 빠짐없이 알아보시는가 하면, 심지어 전날엔 누가 다녀갔는지까지 기억을 하심으로써 가족들로 하여금 박수를 치며 좋아하게 만드셨다.

할아버지가 이제 다 나으셨나 봐.

그때 누군가 이렇게 중얼거렸고, 물론 그 말은 사실일 리 없었지만 우리 중 누구도 그 말을 정정하려 들지 않았다. 상태가 그만한 것만으로도 우리에겐 완치만큼이나 기쁜 일이었기 때문에. 그 뒤로도 아버지는 계속해서 마치 다음 단계라도 밟듯, 혀가 말려 들어간 듯하던 발음이 또렷해지고 의식은 점점 더 좋아져서 우리를 기쁘게 하셨지만 불행히도, 아버지의 회복으로 인한 우리 가족의 행복은 딱 거기까지였다. 왜냐하면 점차 제 의식이 돌아온 아버지가 자신의 두 팔이 왜 침대에 묶여 있어야 하는지, 왜 (본인 생각엔) 멀쩡한 자기를 두고 가족들만 저렇게 집으로 가버리는지 이해를 하지 못하는, 내가 처음부터 우려하던 상황이 드디어 오고야 말았기 때문이었다.

49

그렇지 않은가? 아버지의 의식이 돌아온 걸 좋아하자니 자신의 고통스러운 처지를 스스로 인식하게 된 현실이 이리도 괴롭고, 그렇다고 회복되시길 바라지 않을 수도 없는 노릇이니 도대체 뭘 어째야 하는지 알 수 없었다. 결국 간밤에 가족들이 없는 사이 병원의 누군가가 자신의 머리를 폭행했다며 원장을 내 앞에다 데려다 놓으라고 고집을 부려 우리를 곤란하게 하던 아버지는, 여전히 자기 몸조차 가누지 못하는 처지였지만 질기게 잡히지 않던 열이 내림으로써 마침내 퇴원의 자격을 갖추게 되었다. 아직 자신의 식도로 밥 한 숟갈 넘기지 못하는 데도, 자기보다 더한 중환자들에게 침대를 내어주고 이제 집이 아닌 요양병원으로 거처를 옮겨야 하는 형편이 되고 만 것이다.

하나 제 의식이 돌아온 아버지는 요양병원행을 순순히 받아들일 분이 아니었으므로 또 한바탕 소동이 벌어졌는데, 아버지가 요양병원에 가면 당신은 죽는다고, 거기 가서 살아 돌아온 친구들이 하나도 없다면서 안 가겠다고 고집을 부리는 바람에 가시길 설득하는 가족들과 매일 언쟁이 벌어졌다. 불과 며칠 전만 해도 우린 아버지의 의식과 말과 발음이 돌아왔다고 기뻐 노래를 불렀는데, 이제는 아버지가 죽음의 문턱에서 단지 몇 걸음 되돌아왔다는 이유로 온 가족이 이 난리를 겪게 되었으니 이보다 기막힌 일이 또 있을까.

아버지는 비슷한 문제로 가족들과 대립을 계속했고 급기야 자신의 요양병원행을 가장 강하게 밀어붙이는 큰누나에게 눈을 부릅뜨며 이런 말까지 했다. 너, 그때 그 일 나한테 사과해. 드디어 아버지가 선을 넘었다. 아버지는 누나가 사십 년 전 대학 다닐 때 노동운동을 하다 옥살이를 했던 행적까지 끄집어내 가며 사과를 종용한 것이었다. 그게 공무원이던 당신의 경력에 해를 끼친 일이라고 믿었기 때문인데 그 말을 들은 누나는 아무런 대꾸 없이 아버지를 잠시 똑바로 바라보더니 그대로 뒤돌아서 병실 바깥으로 나가버렸다. 나는 무서워서 누나를 따라 덩달아 주차장까지 함께 내려갔는데 덕분에 누나가 사과를 요구받은 지금은 물론 그전 사십 년 동안 그 일에 관해 아버지에게 단 한 번, 형식적으로라도 사과를 한 적이 없다는 사실을 처음 알게 되었다. '이 누나도 참 대단하다.' 함께 엘리베이터를 타고 내려가면서 나는 속으로 생각했다. 나 같았으면 모두의 평화를 위해 그까짓 거짓 사과쯤 얼마든지 했을 텐데. 하지만 누나는 왜

(그냥 겉으로라도) 사과를 하지 않았냐는 내 물음에 사과할 일이 조금도 아니니까, 라고 대답할 뿐이었다.

며칠 뒤, 다들 아버지의 퇴원 준비로 분주한 상황에서 나는 홀로 아버지를 찾았다. 나는 엄마나 큰누나가 본인들 성격 그대로 아버지를 너무 세게 몰아붙여서 오히려 거부감을 들게 하는 건지도 모른다고 생각하고 나름대로 설득을 해보려 했지만 아버지는 나를 우군이라 생각해서 그러는지 더 많은 불만을 쏟아내실 뿐이었다. 이제 우선이는 병원에 오지 말라고 그래. 아버지는 노기에 차 말씀하셨고, 그런 아버지를 나는 나름대로 달래려고도 해보고 설득해 보려고도 했지만 끝내 아버지는 내가 견디기 어려워하는 그것, 가족들이 자기를 위해 아무것도 하지 않는다는 푸념을 하기에 이르렀고, 그러자 나는 정색을 하며 나도 모르게 아버지에 대한 진짜 속마음을 얘기해 버리고 말았다.

아버지, 누나들이랑 엄마가 아버지 때문에 지금 몇 달째 얼마나 피눈물을 흘려가며 뛰어다녔는데 어떻게 그런 말씀을 하세요.

순간, 다른 말 안 듣는 누나들이나 엄마와 달리 평소 당신의 말에 별다른 토를 달지 않으며 맞춰주기만 하던 아들이 자신의 말에 반박을 하자, 아버지의 두 눈동자가 치솟는 분노로 인해 거의 지진에 가깝게 흔들렸고, 그런 모습을 보면서 나는 알았다. 내가 알던, 아니 우리 가족이 알던 아버지가 드디어 진짜로 돌아오셨다는 걸. 우리가 그렇게나 간절히 돌아오시길 바라던, 생전 가족들이 자신을 위해 어떤 일을 하든 그건 모두 당연한 것으로만 받아들이시던 아버지. 당신의 부인이 아파 끙끙 앓으며 침대에 누워 있는 걸 뻔히 보면서도 손에 수저만 달랑 쥐고선 그 앞에 가서 내 밥은 어떻게 하냐며 물어 부인의 끓는 분노를 사던 아버지. 언젠가 아들이 현금으로 드린 한 달 생활비 삼백만 원 중 백구십만 원을 그날 저녁 집 안 어디에선가 잃어버렸다면서, 미안한 기색 하나 없이 태연하게 내 앞에서 웃으며 말하던 아버지. 그건 정말이지 의사에게 물어보고 확인받을 필요조차 없는 완벽한 내 아버지였다.

8부

PT(프레젠테이션)

50

2023년이 다 가기 전 크리스마스에, 아버지는 우여곡절 끝에 거처를 집 근처 요양병원으로 옮기셨다. 석 달이나 침대에 누워만 있느라 다리 근육이 완전히 소실된 아버지는 제힘으로 서거나 걸을 수 없는 상태였고, 다른 인체의 여러 기능들 또한 여전히 제대로 작동을 안 하거나 퇴화된 상태였다. 그런데도 집요하게 요양병원이 아닌 집으로 가길 원하는 아버지에게 큰누나는 아버지가 어째서 집으로 갈 수 없는지, 아버지 말대로 개인 간병인을 스물네 시간 붙이려면 비용이 얼마나 많이 드는지, 왜 어지간한 부잣집 노인네들도 집에서 돌보기가 어려워 결국 요양병원행을 택하고 마는지 등을 설명하고 싸우길 반복하다 지쳐서 점점 아버지를 찾는 일이 줄어갔다. 애초 본인이 공언한 대로 악역을 자처했던 자식으로서 어쩌면 당연한 숙명이었을 것이다. 그리고 누나가 그러기 전에 가족 중 가장 먼저 아버지에게서 지쳐 나가떨어진 사람은 부모의 병환을 가장 애틋하게 슬퍼하던 나였다. 나는 돌아온 아버지가 멀쩡한 평소 본인의 정신과 발음으로 가족들이 자기를 위해서 아무것도 하지 않고 그저 팽개쳐 두고 있다고 확신하는 모습에 그만 정이 떨어져, 그때부터 지난 석 달간 매일 가던 면회를 가지 않았다. 효도라는 것도 우선 본인 마음이 내켜야 하든 말든 하는 것이라고 믿어 온 만큼, 한번 마음의 문이 닫히고 나니 나도 나를 어찌할 도리가 없었다.

노원구에 있는 V요양병원은 누나들이, 특히 큰누나가 온 서울 시내를 다 뒤지다시피 해서 찾아낸 곳이었다. 먼저 있던 병원에서 워낙 갑작스럽게 퇴원을 통보했기 때문에 주어진 시간이 많지 않은 상황에서 큰누나는, 원래는 비슷한 이유로 다른 곳엘 가려고 했었다. 그곳에도 일층에 커다랗게 재활 시설이 있었고 거리로만 보면 지금 있는 병원보다 오히려 집에서 더 가깝기 때문이었다. 그러나 급하게 결정을 하고 나오는 길에, 들어갈 때는 보이지 않았던 검은색 장의 차량이 건물 정문 앞에 떡하니 서 있는 모습을 보고 누나는 내가 먼저 병원 지하 주차장에서 느꼈던 것과 비슷한 종류의 께름함을 느꼈다. 그 불길했던 안내판의 장례라는 두 글자와 이상하리만치 희뿌옇던 형광 불빛이 새어 나오던 식장 앞에서 마치 사신처럼 검은 양복을 입고 서성이던 사람들까지.

결국 누나는 그곳을 포기했고 그렇게 해서 아버지가 계실 요양병원이 정해지던 날. 그날 하루만 다섯 군데가 넘는 병원들을 직접 돌며 살피느라 한겨울에 땀으로 온몸이 젖어 좋은 곳을 찾았다고 숨이 턱에 차 기뻐하던 누나는… 집안의 장녀로서, 또 아버지의 자식으로서 자기 부모를 위해 그런 헌신적인 노력과 책임감쯤 얼마든지 더 발휘할 수 있을 사람이지만, 대신 누나는 자신이 책임감을 발휘할 대상, 즉 부모님과 살갑게 소통하는 데엔 영 재주가 없었다.

그날, 얼마나 정신없이 뛰어다녔던지 모든 탐색과 결정을 마치고 병원 로비에 들어선 누나의 젖은 어깨와 목덜미께에서는 땀이 식어 김이 다 모락모락 나고 있었다.

많은 요양병원에 재활의 과정이 없으며, 있다 하더라도 실제로 다시 걷게 되는 환자는 전체의 십 퍼센트가 채 안 된다고 한다. 사실상 요양병원은 병이 나아서 집으로 돌아가는 곳이 아니라 거기서 누운 채 그저 머무르다 생을 마감하는 곳이기 때문.

또한 요양병원과 요양원의 가장 큰 차이는 요양병원은 말 그대로 병원이기 때문에 의료진이 있는 반면 요양원에는 의사는 없고 간호사만 있다(요양원에서 지내다 의사가 필요한 상황이 생기면 집에서와 똑같이 시설 바깥으로 나가서 병원을 찾아야 한다). 아버지는 퇴원 당시 여전히 많은 의료적 처치가 필요한 상태였기 때문에 애초에 요양원은 고려 대상이 되지 않았다.

아버지한테 화가 나서 다른 가족들보다 며칠 뒤미처 처음
그곳을 찾던 날. 집 근처긴 하지만 처음 가보는 낯선 동네에
있는 한 건물 지하 주차장으로 들어가 이번에도 어렵사리
빈자리를 찾아 차를 대고 삼층으로 올라가니, 저번 병원에
서처럼 또다시 한 무리의 면회객들이 코로나 검사를 받기
위해 긴 줄로 서 있었다. 요양병원은 대체로 일주일에 한 번
정도 면회가 허용되었는데(우리는 환자의 적응기라는 이유로 초
기에는 그보다 더 많은 횟수로 면회를 갔다) 면회하러 갈 때마다
삼층 대기실에선 담당자가 코로나 검사를 하기 위해 면봉
으로 사정없이 코를 쑤셨다.

흰 면봉이 들쑤시고 난 자리가 매워서 켁켁 하고 눈물 섞인
기침을 하며 전신을 덮는 비닐 옷과 장갑 등을 착용하고 나
면, 담당자는 한 줄 음성이 나왔는지 결과를 확인한 뒤 면
회객들을 십일 인승 엘리베이터에 조금씩 나눠 태운 후 입
원실이 있는 병동으로 올려 보냈다. 우리 차례가 되어 오층
병동에 선 엘리베이터에서 내리니 이번에도 아버지가 있
는 곳은 복도 맨 끝 방이었다. 이런 곳이 있었구나, 마치 세

상의 늙고 병들고 희망 없는 이들은 모두 모아놓은 수용소 같은 곳이. 그간 신문과 방송에서 요양병원이니, 요양원이니 하는 말들을 아무리 들었어도 나와는 크게 상관없는 곳이라 생각했는데. 이제 이곳이 내 아버지의 거처요, 훗날 우리가 있을지도 모를 곳이라고 생각하니 기분이 묘해지려는데 막상 아버지가 있는 병실에 들어서자 뜻밖의 사람이 환한 미소로 우리를 반겼다. 그분의 이름은 옥산나. 러시아 출신 여성으로 나이는 한 오십대쯤 되어 보이던 그분은 씩씩하고도 괄괄한 어조로 아버지가 얼마나 신사적이며 잘생겼고… 또 병원 생활에 잘 적응하고 있는지를 마치 기숙학교 교장 선생님이 학교에 찾아온 학부모를 안심시키듯 우리에게 설명했다.

그 순간 우리는 아버지와 이십사 시간 붙어 있을 그분이 어떤 면에서는 의사나 간호사보다도 더 아버지에게 중요한 존재라는 사실을 직감적으로 깨닫고는, 아버지 좀 잘 부탁드린다면서 서로 경쟁하듯 오만 원짜리 지폐 한 장씩을 주머니에 찔러 넣어드리기도 하고, 그랬다. 그것은 영락없이 나 어릴 적, 요즘과 달리 학부모들이 학교에 가면 담임 선생님에게 각자 형편껏 현금으로 촌지를 주던 바로 그런 광경이었는데, 그러니까 그때 우리는 아버지를 요양병원이

라 불리는 새 학교에 입학시킨 일종의 학부모들이었던 것
이다.

그때 우리들은 어쩌면 정말로 아버지의 아버지였는지도 모른다.
자식에 대한 걱정이 한시도 머릿속을 떠나지 않고 입에서는 잔
소리가 쉴 틈이 없이 나왔으니까.

52

아버지, 좀 어떠세요.

응, 좋아.

며칠 만에 아버지와 재회한 나는 이제 아버지를 만지는 일
이 아무렇지도 않을 만큼 익숙한 일이 되어 대화하는 내내
아버지의 다리를 주무르고 어깨를 어루만졌다. 한번 스킨
십의 물꼬를 트고 나자 하지 않았던 지난 오십사 년 치를 한
꺼번에 만회라도 하려는 것처럼. 아버지는 내게 지난 며칠
간 왜 자기를 보러 오지 않았는지 묻지 않았고, 그 며칠간
내 머릿속에서 가족들을 괴롭히는 심술궂은 노인으로 존재
했던 아버지는 또다시 그저 의연하게 새 환경에 적응하며
현실을 받아들이는 점잖은 어른으로 변신해 있었다.

그날, 병실을 나서면서 우리는 의사들에게 서울대병원 얘
기하지 마시라, 의사들이 싫어하니까 그리고 몸을 많이 움
직이고 운동을 열심히 하시라, 그래야 집으로 가신다고 계
속 당부를 했는데, 아버지는 알겠다며 우리의 당부를 적극
수용하는 분위기여서 그날의 면회는 꽤 괜찮은 분위기에서

끝났다. 그러자 나를 포함한 가족들은 모두 아버지가 여기서 열심히 재활하면 유령처럼 누워만 있는 다른 환자들과 달리 진짜로 집으로 돌아오셔서 다시 예전처럼 지내시는 게 가능할 수도 있겠다는 기대를 하기도 했지만, 언제나 그렇듯 좋은 순간은 또 잠깐이었다.

요양병원으로 가신 지도 어느새 열흘쯤 지났으니 일종의 허니문 기간이 끝났다고 봐도 좋을 무렵이었다. 아버지는 슬슬 자신이 새로이 기거하게 된 곳에 대한 이런저런 불만을 제기하기 시작했는데, 무엇보다 큰 불만은 병원 측의 당 관리가 마음에 들지 않는다는 것이었다. 아버지는 십수 년간 당뇨 환자로 살아온 자신이 바로 당 관리의 전문가이며, 서울대병원의 담당 의사한테까지 혈당 관리를 잘한다고 칭찬을 받은 게 본인인데, 그런 '전문가이자 프로'로서 자신이 봤을 때 족보도 모를 이 병원 의료진의 당 관리는 말이 안 된다며 목소리를 높였지만 그 말에 호응해 주는 가족들은 없었다. 아버지는 그곳에 혼자 있으면서 마치 피티pt 준비를 하듯 당신의 논리를 나름대로 정연히 한 후 사람들을 설득하거나 나아가 제압하길 바라셨지만 뜻대로 되지는 않았다. 나는 아버지가 병원에서 밤새 혼자 깨어 있으면서 오랜 환자로서의 자신의 경험을 가지고 나름대로 수립한 논리로 의사가 됐든 가족들이 됐든 돌파할 수 있다고 믿는 모습이 어쩐지 안쓰러웠다. 아마도 요양병원이란 곳에서 무기력한 존재로 누워 있어야만 하는 아버지에겐 그런 것만이 유일하게 자신의 존재 증명을 할 수 있는 기회였겠지만, 언제나 그렇듯 본인의 확신과 달리 아버지가 짠 논리의 그물은 빈틈이 많아 헐거웠고, 그 정도로는 어떤 반대도 격파할 수 없었으므로 나는 그런 아버지의 좌절을 매번 보아야 하는 일이 힘들었다.

그날도, 아버지는 면회를 온 우리에게 이 병원의 당 관리가 얼마나 형편없는지 열심히 설명하려 들었지만, 그 모습을 가만히 보고 있던 큰누나로부터 이런 대꾸를 들을 뿐이었다.

아버지, 당 관리가 안 돼서 쓰러져 가지고 여길 오신 분이 무슨 말씀을 하고 계세요. 당뇨가 무슨 희귀병도 아니고, 의사 말을 들으셔야죠.

큰누나는 평소 성격 그대로 조금도 돌려 말하는 법 없이 아버지를 똑바로 보며 이렇게 말했고, 그러자 아버지의 두 눈이 또다시 분노로 흔들리는 걸 나는 보았다. 그렇게 요양병원에서 지내는 아버지와 가족들 간의 갈등은 다시 서서히

고조되기 시작했는데, 처음에 난 요양병원은 일주일에 한 번밖에 면회가 되지 않는다는 사실이 말이 안 된다고 생각했다. 그럼 그 낯선 곳에서 같이 병들어 누운 알지도 못하는 사람들과 일주일 내내 가족과 떨어져 혼자서만 지내야 한다는 거야? 나는 아버지를 그렇게 고립시켜 버리는 건 너무 가혹한 처사라고 생각했고 그 점에 대해서는 다른 가족들의 의견도 크게 다르지 않았다. 결국 우리는 병원 측의 양해를 얻어 처음에는 주 삼 회를 가다가 나중엔 매주 두 번씩 면회를 가는 것으로 병원 측과 최종 합의를 봤는데 그 두 번이, 내가 가혹하다 여겼던 병원의 면회 횟수에 대한 원칙이, 그나마 우릴 살리고 숨 쉬게 해줄 거라던 큰누나의 말이 맞았다고 나 스스로 인정을 하기까지는 그리 오랜 시간이 필요하지 않았다.

53

일단 불만이 터지기 시작한 아버지는 또다시 집요하게 자신을 서울대병원이나 집으로 옮겨줄 것을 원했고, 엄마에겐 수시로 전화를 걸어서 먹을 것을 해 와라, 속옷을 빨아서 가져와라, 내 방 어디 서랍에 있는 검은 수첩을 가져와라, 내 고장 난 전기면도기를 대리점에 가져가서 오늘 내로 수리를 완료해서 가져오라며 끝없이 심부름을 시켜댔다. 한 번은 이 병원 약은 효과가 없으니 (그놈의) 서울대병원에 가서 당신이 먹던 약을 타오라고 하도 성화를 하는 바람에, 엄마가 거진 하루 반나절이나 걸려 타다 드렸더니 알고 보니 이름만 다른 같은 약인 적도 있었고, 또 한번은 휴대전화로 결제 내역이 자꾸만 날아온다면서, 대체 누가 아파 누워 있는 사람의 교통카드를 쓰고 있는지 범인을 잡아내라고 난리를 치시기도 했다. 그러다가 범인이 엄마로 밝혀지자 아버지는 도대체 왜 남의 카드(돈)를 쓰느냐, 당장 집에 있는 내 모든 카드와 신분증과 도장과 통장을 전부 병원으로 가져오라고 소리 소리를 질러 우리를 아연하게 했다.

엄마가, 국가가 아버지에게 지급하는 노인교통지원금 월 오만 원이 아까워 그걸 소진하려고 쓰는 동안, 아버지의 병원비로 엄마와 가족들이 쓴 돈만 오백만 원을 넘어 천만 원에 육박하고 있는 상황에서, 당신이 쓰러져 병원에 실려 가느라 지금까지 들어간 돈 중에 당신의 돈은 단 일 원도 없으면서, 그깟 교통카드 요금 몇만 원 때문에 이러는 게 지금

말이 되는 건가?

사실 아버지의 돈에 대한 이런 식의 접근은 우리에겐 익숙한 것이기도 하다. 예전에도 밖에서는 꽤 통 큰 모습을 보이다가도 집에만 들어오면 이상하게 배포가 작아지곤 하셨으니까. 그렇게, 요양병원에 누워서까지 우리에게 받은 돈으로 간병인들에게 제법 큰 액수의 용돈을 주거나 간호사실에 무려 통닭 열 마리씩을 쏘던 아버지가 자기 부인이 쓴 돈 오만 원에는 저리 벌벌 떨고 있는 모습을 보니 나로서는 여러 가지 생각이 들 수밖엔 없었는데, 문제는 그게 다가 아니었다. 한번 돈 문제로 자극을 받자 아버지는 집에서도 늘상 하던 레퍼토리. 즉, 니네 엄마가 내 돈을 전부 날려서 오늘날 우리가 이렇게 빈털터리가 된 것이라는, 아무런 근거도 없는 아버지 머릿속 망상 속의 사실을 찾아오는 자식마다 붙들고 해 우리를 기함하게 하더니, 끝내 그 말이 엄마에게까지 들어가도록 만들어 나로 하여금 다시 당신을 찾는 일을 중단하도록 만드셨다.

54

도대체 어째서 돌아가실 때가 다 되어서까지 자기 배우자 원망을 멈추지 못하는 것일까. 그럴 거면 그 긴 세월 헤어지지 않고 같이 산 게 무슨 자랑이며 유세거리가 되는 건지 나는 도무지 이해가 가지 않았지만, 자기 관심사가 아니거나 자신에게 불리한 말만 하면 귀신같이 귀가 안 좋아지는 아버지에게 너무 짜증이 나서, 그때부턴 아예 면회를 가지 않는 것은 물론 전화조차 받지 않기 시작했다. 안 그래도 요양병원은 환자에게 휴대전화 사용이 무제한 허용되기 때문에 그게 언젠간 우리 모두를 폭파할 시한폭탄이 될 거라고 큰누나는 우리에게 경고하기도 했었는데. 하루는 내가 전화를 받지 않자 아버지는 무슨 빚쟁이라도 되는 양 거의 십 분마다 한 번씩 아주 집착적으로 전화를 하시는 것이었다. 나는 아버지(이자 아픈 환자)의 전화임을 뻔히 알면서도 받지 않는 것이 안 그래도 마음이 편치 않은 와중에 그런 스토킹 비슷한 행동까지 하시니 한편으론 공포감마저 들어 이래저래 종일 기분이 좋지 않았다.

그래 모처럼 만에 머리를 좀 식히고자 감행했던 외출을 망치다시피 하고선 다음 날 아침, 자고 일어나 생각해 보니 병원에서 오로지 휴대전화 하나만을 의지한 채 이 사람 저 사람한테 전화나 하면서 답답함을 달래고 있을 아버지가 또 딱하고 안된 거라. 그래 생각을 바꿔 전화를 드렸더니 막상 전화를 받은 아버지는 별 용건이 있어서 한 건 아니라며 금방 전화를 끊으시는 게 아닌가! 이게 뭐지? 그럼 특별한 용무도 없이 아버지는 왜 그렇게 내게 집요하게 전화를 하신 건지 나로선 알 길이 없었지만, 다만 그때 그 일은 내게 또 한 번 아버지와 관련한 잊을 수 없는 기억으로 남게 되었다. 불과 서너 달 전까지만 해도 아버지의 무사 귀환을 그토록 절절히 바라던 내가 이제는 그분이 걸어오는 전화 한 통조차 받기 싫은 정도를 넘어 공포감마저 느끼는 지경에 이르고 말았으니, 이 모든 불효와 변덕이 누구 때문이든, 이렇게 부모 대하는 마음이 괴로워진 자체가 나로서는 힘들고 자책이 돼 그게 또 괴로운 날들이었다.

부모는 언제나 우리에게 두 가지 방식으로 교훈을 준다.

나도 저렇게 살아야지.

나는 저렇게 살지 말아야지.

55

그러던 아버지가 병원에 대한 온갖 불만과 가족에게 시키던 끝도 없는 심부름과 집요하리만치 계속했던 퇴원에 대한 요구 등을 잠시나마 멈추게 된 건, 시간이 어느 정도 지나서 자신의 처지를 받아들이고 체념한 탓도 있긴 했으나, 나 아픈 환자라며 너희들 나를 떠받들라 기세등등하던 아버지를 확 풀 죽게 하고 공포에 사로잡히게 한 결정적 사건이 벌어졌으니, 그건 바로 다소 갑작스러웠던 엄마의 수술이었다. 아버지처럼 입원만 안 했다뿐이지 늘 여기저기가 아파서 자식들의 걱정을 사던 엄마는 끝내 서울대병원 담당 의사로부터 당장 심장 수술을 받지 않으면 안 된다는 진단을 받았다. 이에 엄마의 수술 소식을 들은 아버지는, 얼른 집에 가서 엄마의 돌봄을 받는 것만을 유일한 희망으로 삼고 계셨을 아버지는, 엄마가 지금 아빠보다 상태가 더 안 좋다느니 엄마가 아버지보다 먼저 가실지도 모르겠다느니 하는 우리의 결코 과장만은 아닌 엄포성 발언을 듣자 겁을 잔뜩 먹곤 모든 희망이 사라진 사람처럼 그때부터 가족들 들볶는 일을 어느 정도는 중단하셨다. 어느 정도는. 그래서 그때부터는 엄마를 돌보러 자식들이 아버지가 있는 곳과는 정반대 편인 서울대학병원으로 출퇴근을 하느라 일주일씩 당신을 보러 가지 않아도, 더는 아무 말씀도 하지 못하셨다.

9부

출구 없는 미로

이십대 중반 무렵. 어쩌다가 음악을 하게 되어서 비로소 집을 벗어나 세상 빛을 보기 전까지, 나의 평생소원은 내가 이 세상에서 사라지거나 아니면 엄마가 없어져 버리는 것이었다. 그러나 두꺼운 철문으로 세상과 단절된 서울대학병원 정신과 폐쇄 병동에서, 엄마만 없으면… 엄마만 없어진다면 나의 모든 문제가 해결될 거라고 굳게 믿던 이십대 초반의 어린 아들은 그로부터 삼십여 년의 세월이 흐른 지금, 정말로 엄마가 이 세상에서 사라질까 봐, 그래서 다시는 그 존재를 만나지 못하게 될까 봐 두려움에 떨며 엄마를 돌보는 중년의 어른이 되어 있었다.

엄마는 어린 나를 정말이지 지독하게 키우셨다. 내가 정신과 치료를 처음 받은 건 초등학교 오 학년 때였는데, 지금으로부터 사십 년 전에, 강남도 아닌 강북에서 그것도 사립도 아닌 공립 학교에서 그런 식으로 생활하는 아이는 전교에서 나 하나뿐이었다. 학교에서 집으로 돌아오면 월수금 주 삼 회는 혜임 어린이 영어 선생님이 내 방에서 나를 기다렸다. 그 선생님과의 시간이 끝나면 이번에는 공문수학 선생

195

님이 웃으며 방으로 들어오셨다. 그 모든 집에서의 일정이 끝나면 다시 수영장으로, 웅변학원으로, 속독학원으로 엄마가 짜준 일정대로 이 학원에서 저 학원으로 지친 발걸음을 옮겼다. 그게 다가 아니다. 그렇게 하루 대여섯 개의 학원과 과외 일정이 모두 끝나서 밤늦은 시간에 집으로 돌아오면, 잠시 쉴 틈조차 없이 엄마는 나를 내 방이 아닌 안방에 딸린 다락방으로 올려 보내셨고, 거기서 나는 새벽까지 엄마가 미리 준비해 놓은 문제집을 풀다가, 어느 날 기어이 쓰러지고 말았다. 눈을 떠보니 흰 가운과 흰 조명이 많은 병원 진료실이었다. 내가 쓰러지자 부모님은 나를 동숭동에 있는 서울대학병원 응급실로 데려가셨고 나는 거기서 소아정신과 의사에게 인계된 것이다. 내가 누운 환자용 침대 곁에서 하얀 가운을 입은 여자 의사 선생님이 엄마에게 나직한 목소리로 말을 하고 있었다. 어머니, 계속 이렇게 무리하게 공부시키시면 아이 죽습니다. 석원이를 다른 아이들처럼 자유롭게 뛰어놀게 하셨으면 좋겠어요, 하는 의사의 경고이자 당부의 말에 엄마는 즉각 머리를 조아리시며 너무도 순종적으로 알겠다 그렇게 하겠다고 대답하신 후 나를 데리고 소아정신과가 있는 서울대병원 별관 건물을 나서자마자 곧바로 다시 내 손에 문제집을 들리셨다. 모레가 수학경시대회가 있는 날이기 때문이었다.

57

나는 그렇게 자랐다. 그렇게라도 자라서, 강제로라도 공부를 한 덕분에 좋은 대학 가고 돈 많이 벌고 출세한 사람이 되었다면 좋았겠지만, 그러지 못했다. 오히려 나는, 나 역시 엄마를 닮은 엄마의 자식이라 그런지 부모의 기대와는 정반대의 아주 극단적인 인생행로를 걷게 된다. 엄마가 바라던 대로 공부 잘하는 엘리트가 되기는커녕 이 세상에서 뭔가 배우고 익히는 것을 가장 끔찍하게 싫어하는 사람으로 자랐으니 말이다.

그래서였을까. 나는 속독을 배웠으되 책을 빨리 읽지 못했고, 어려서 피아노를 사 년이나 쳤는데도 악보를 보지 못했으며 중학교 삼 학년쯤 되면서부터는 아예 시험을 보면 전교에서 가장 빨리 답안지를 제출하는 학생이 되고 만다. 공부라면 치가 떨려 단지 시험 문제 자체를 읽는 일조차 싫어했기 때문이었다. 당시 고등학교를 가기 위해서는 연합고사라는 국가 주도의 전국적인 시험을 치러야 했는데, 엄마의 바람대로라면 나는 만점 경쟁을 벌이는 아이들 틈에 있어야 했건만 현실은 시험을 치를 기회조차 얻지 못할 형편이었다. 석원이는 고등학교에 갈 성적이 안 되니까, 라는 이유로 담임은 원서를 써주지 않았고, 소식을 들은 엄마가 굳은 표정으로 학교에 다녀간 뒤, 겨우 원서를 써서 어찌 또운 좋게 합격은 했지만… 그렇게 붙은 고등학교 삼 년을 오로지 죽어야겠다는 일념 하나로 보냈다. 내 죽고자 하는 의지가 너무나도 간절했던 나머지 학교에선 저놈 저거 죽고 싶다고 말하는 거 그냥 허세로 그러는 거라는 소문이 돌았는데, 어느 날 한 친구가 웬 물약을 가져와 이걸 먹으면 그자리에서 죽는다길래 내가 수업시간 중에 그걸 받아 일 초의 망설임도 없이 모조리 마셔버리자, 아이들은 눈이 휘둥그레져서 서로를 바라보았다. 석원이는 진짜다. 나는 죽으려고 약을 먹었을 뿐인데, 저놈은 적어도 거짓말은 안 하는놈이라는 같은 반 급우들의 남다른 신뢰를 얻는 촌극이 벌어진 것이었다.

내가 고등학교에 진학할 당시 연합고사의 커트 라인은 이백 점 만점에 백사십사 점이었는데, 다시 말해 체력장 점수 이십 점을 제외한 필기 점수 백이십사 점 이상을 얻어야 인문계 고등학교에 갈 자격이 주어졌다. 하지만 중학교 삼 학년 내내 치른 모의고사에서 한 번도 백 점을 넘어본 적 없던 나는 실전에서는 체력장 포함 무려 백육십칠 점을 맞았고, 내가 생각해도 너무 많이 나온 점수에 뿌듯해 만세를 부르며 좋아하다가 엄마에게 그 자리에서 뺨을 맞았다. 서울대 연고대를 가게 된 것도 아니고 달랑 고등학교에 가게 되었다고 좋아하는 아들이 기가 막혀 엄마는 아마 속으로 울면서 손을 올리셨을 것이다. 내가 보낸 어린 시절은 가정에서나 학교에서나 그야말로 폭력이 난무하던 시절이었기 때문에 엄마는 젊어서 종종 우리를 때리셨는데 내가 엄마에게 웃고 있다가 맞은 적은 그때가 태어나서 두 번째였다. 다른 한 번은 초등학교 저학년 때 누나들의 잘못을 엄마에게 신이 나서 웃으며 고자질하다 고자질은 나쁜 것이라며 그 자리에서 맞은 게 처음이었다.

58

참 이상한 일이지. 그토록 열렬히 생을 마감하고자 했던 이유의 반 이상이 엄마 때문이었는데. 나이를 먹어서도 때때로 생을 포기하고픈 충동에 시달릴 때면 그럴 수 없었던 이유 또한 엄마 때문이었다. 그때나 지금이나 내게 인생은 여전히 찬란한 게 아니지만 적어도 엄마를 부양하고 엄마에게 좋은 것들을 경험하게 해주고, 그런 엄마와 함께 있는 좋은 순간을 만드는 일만은 조금도 무의미하지가 않아서, 나는 죽고 싶을 때마다 내가 죽으면 슬퍼하고 상처받을 엄마를 떠올렸고 그러면 그런 엄마가 가여워서 죽을 수가 없었다. 그래서 나는 친구들이 너도 노후준비를 해야 한다고 충고를 건넬 때면, 글쎄, 내게 노후 같은 게 찾아올 수 있을지 자신할 수 없었기에 가진 돈을 다 엄마에게 쏟아붓다시피 하며 내일이 없는 삶을 살았다. 언젠가 엄마가 내 곁을 떠난 이후의 삶을, 그 후의 시간들을 나로선 상상할 수 없었기에.

왜 그랬을까. 왜 엄마가 내게 이렇게까지 절대적인 존재가 되었을까, 나는 가끔 생각해 본다. 젊어서 그토록 엄마의 부재를 바라던 나는 언제부턴가 엄마가 내 곁을 떠나갈까 봐 오직 그 생각만을 하며 노심초사하는 자식이 되었다. 그렇게 엄마를 미워하고 원망했는데, 내 인생에서 엄마가 사라지기만을 바라던 적도 있었는데 어쩌다가 이렇게 애틋한 모자지간이 된 것인지. 결혼해서 엄마와 처음 물리적인 거리를 두고 살아보니 부모 자식으로서의 본능적인 애틋함이 살아났기 때문일까? 이혼해서 아버지와 세 식구로 붙어 살면서 마침 집안에 닥친 온갖 풍파를 같이 겪다 보니 가족으로서의 끈끈함이 뒤늦게 생겨버린 탓일까? 삼십대 초반에 가장 친했던 친구가 죽은 이후 인간관계가 거의 단절되다시피 했던 내게 엄마만이 유일한 친구로서 역할을 해주었기 때문일까? 뭐가 됐든 부모 자식 사이에 생기는 천륜의 감정을 분석하려는 시도 자체가 애초부터 무모한 일인지도 모르겠지만, 또 이런 생각도 든다. 나이를 먹고 전장과도 같은 세상에 뛰어들어 생존을 위해 애쓰면서, 그토록 싫어하고 달아나고 싶어 했던 엄마의 그 악착같은 기질이 바로 내 안에 있고, 그게 나를 먹여 살렸다는 사실을 어느 날 깨달으면서, 결코 내 힘으로는 끊어낼 수 없는 이 질긴 인연의 수레바퀴를 그저 받아들이기로 마음먹어서였던 건 아닐까, 하고. 그래서 이 사람과 내가 같은 기질을 공유했다는 그 혈연으로서의 강력한 동질감이 모든 걸 이해하고 용서하게끔 만들어준 덕분인지도 모른다고, 나는 겨우 이 정도를 생각하고 말할 수 있을 뿐이다. 엄마가 이토록이나 세상에서 유일한 존재로 내게 소중해진 이유에 대해.

나는 인생이라는 축구장에서 평생을 수비수로만 살았다. 누구도 그러라고 한 적 없거늘, 나는 내 영역을 침범당하고 골을 먹을까 봐 불안해서 앞으로 나아갈 수 없었다. 그 결과 삶이라는 전장에서 늘 연전연패했고 나라는 골대를 지키는 수문장으로서 수많은 골을 먹은 패자가 되고 말았다.

이제 와 돌이켜보건대 사람이 누굴 지킨다는 게, 특히 자기 자신을 지킨다는 건 무엇을 의미하는지, 정말 나는 그토록 지키고 보호할 게 많은 사람이었는지, 왜 그토록 수비적이고도 수세적인 삶을 살아왔는지 의문이 들기도 한다. 하지만 그래서 짐작컨대 언젠가 본 드라마 속 등장인물 A처럼 나 역시 나 스스로를 지키지도 구원하지도 못했다는 믿음을 지닌 채 살아왔기에, 아마 그래서 엄마라도 지키고 엄마라도 행복하게 해주려고 이토록 애를 쓰는 것인지도 모르겠다. 그래서 자식 없이 중년이 된 내게 엄마가, 어쩌면 남들에게 돌보고 지켜야 할 자식과도 같은 존재가 되어버린 것은 아닌지. 여전히, 그 지킨다는 게 무엇을 의미하는지는 아직도 정확히 모르겠지만.

59

엄마는 어떤 날은 꼭 금방 어떻게 되기라도 할 것처럼 초주검 상태가 되어 내 심장을 덜컥 내려앉게 만들었다가, 또 그다음 날엔 희한하게 컨디션이 좋아져서 평소처럼 막 여기저기를 돌아다녔는데, 그래서 나는 최근 부모님 댁엘 가서 엄마를 만나는 일이 힘겨웠다. 엄마의 상태에 따라 내 기분까지 널을 뛰었기 때문에. 그래서 나는 하루짜리 기분에 관한 복권이라도 뽑듯 엄마 때문에 안도하고 엄마 때문에 가슴이 철렁 내려앉는 이 불확실한 상황을 종료시킬 수 있다면 엄마가 수술을 받는 것도 나쁜 일만은 아니라고 생각했다. 수술만 받으면, 고령인 만큼 완전히는 아니더라도 종일 피곤해하고 온몸이 부어 힘들어하던 엄마의 고통이 상당 부분 사라진다니, 그렇게만 된다면 늦은 나이에 전신마취를 감행하는 위험쯤 감수할 만한 모험이 아닐까, 했던 것이다.

엄마가 수술 이틀 전에 입원을 하러 서울대병원으로 가던 날. 그날은 둘째 누나가 엄마를 돌보기 위해 나와 동행했는데 나처럼 여름에 태어난 누나는 모든 일에 완벽에 완벽 이상을 기하려는 전형적인 처녀자리 태생으로, 그날도 누나는 엄마의 입원에 필요한 물건들을 자신의 SUV 차량 트렁크와 뒷자리에 빼곡히 싣고선 엄마와 내가 탈 수 있는 자리만을 간신히 남겨둔 채 우리를 데리러 왔다. 나는 누나가 엄마를 위해 준비한 그 세세하고도 많은 짐들을 보면서, 누나가 엄마가 사는 집 자체를 병실로 옮기려고 하는 건 아닐까, 하는 생각마저 들었지만 정작 병원에 도착해서 우리는 뜻밖의 상황에 처하고 말았다. 그 많은 짐과 엄마를 차에 싣고 대학로에 있는 서울대병원으로 가서 입원 수속 절차를 밟으러 원무과에 갔더니 엄마는 입원도 수술도 그 어떤 일정도 잡혀 있지 않다는 것이었다.

에? 그게 무슨 말씀이죠?

우리는 그럴 리가 있냐며 근 한 시간을 이 부서 저 부서를 떠돌며 확인을 거듭했지만, 정말로 엄마의 수술이나 입원에 관한 일정이 전혀 잡혀 있지 않았고 덕분에 우린 그럴 리가 없다는 말만 되풀이하는 엄마를 데리고 아무 말 없이 집으로 다시 돌아와야 했다. 누나는 행여 내가 엄마에게 뭐라고 하기라도 할까 봐 걱정이 됐는지 내 눈치를 봤지만 나는 괜찮았다. 내 감정은 철저하게 이해의 산물이기 때문에 이미 아버지가 쓰러지셨을 때부터 이런 혼란을 자주 비친 엄

205

마에게 오늘 같은 일은 충분히 벌어질 수 있는 일이라고 생각했으므로 그 어떤 화도 나지 않았다. 솔직히 말하면, 이미 나는 아버지가 처음 쓰러졌을 때 했던 굳은 결심과는 달리 결국엔 다시 엄마에게 짜증을 내기 시작한 지 꽤 되긴 했지만, 적어도 지금은 아니었다. 나는 오로지 내가 이해할 수 없는 일에만 짜증이 나고, 나를 그런 상황에 가장 많이 처하게 하는 사람 중 하나가 엄마긴 하지만, 그래서 늘 난리가 나곤 하지만 적어도 오늘은 아니었다. 오늘 엄마와 나는 아무 문제가 없었다.

60

우리는 다시 엄마의 수술 날짜가 잡히길 기약 없이 기다렸다. 그때는 마침 정부가 의대 증원 문제를 밀어붙여 의사들이 한창 파업을 시작할 때였기 때문에 나는 이대로 엄마가 수술을 받지 못하게 되면 어쩌나 내심 불안에 떨어야 했다. 시간이 흐를수록, 불안한 마음은 더욱 커지는 상황에서 하루는 아버지한테 전화가 왔다. 안 그래도 신경 쓸 것이 많은

데 또 무슨 일인가 싶어 세상 귀찮아하며 전화를 받았더니, 아버지는 내게 그 어떤 인사말도 없이 대뜸 이 한마디를 건네셨다.

하루 한 번쯤은 통화할 수 있는 거잖아. 그렇지?

나는, 순간 당황했다. 보통 이런 말은 이런 말이 나올 만한 이유가 있어야 가능한 말인데. 난 아버지한테 그 어떤 싫은 내색도 비친 적이 없거늘 대체 무슨 눈치를 채셨길래 이런 말씀을 하시는 걸까. 나는 아버지에게 불시에 속마음이라도 들킨 듯 어쩐지 얼굴이 화끈거려 그럼요, 아버지. 아무 때에나 전화하세요, 하면서 짐짓 아무렇지 않은 척 대답한 후 전화를 끊고 통화한 시간을 확인해 보니 팔 초였다. 아마 다른 날 아버지와 했던 대부분의 통화도 채 십 초를 넘기지 않았을 것이다.

석원아, 아빠다. 집에 별일 없지. 네. 그래. 끊는다. 네.
석원아, 엄마 괜찮으시니? 네. 잘 계세요. 그래. 들어가라.
네, 아버지.

불과 작년 여름이었다. 아버지 다리에 난 상처가 도무지 낫지 않아 동네 병원에 입원까지 하게 되셨는데, 평소처럼 매일 같이 집과 병원을 오가느라 고생을 하던 엄마가 그나마 한시름 놓을 수 있었던 건, 이 인실이던 아버지 병실에 시청에서 근무한 적이 있다는 어떤 남자분이 일종의 룸메이트로 오게 되면서부터였다. 나이가 칠십대다. 그런데 서울에서 공무원 생활을 했다, 하면 아버지와 어떻게든 연결이 될 수밖엔 없는 조건이었으므로, 예상대로 아버지는 그때부터 같은 방 동료 환자와 이야기꽃을 피우느라 신이 나서 엄마를 찾을 일이 확연히 줄었던 것이다. 나는 그때 하필 그런 분이 아버지의 병실 동료로 오게 된 것에 대해 하느님이 엄마에게 주신 선물이라며 안도했지만, 그분이 선물인 건 아버지 입장에서도 마찬가지였을 것이다. 서울 안의 일이라면 시청은 물론 구청, 동사무소까지 모르는 사람이 없고 관여하지 않는 일이 없던 아버지는 분명 그분이 아는 사람들 중의 상당수를 알았을 것이기에, 저 사람이 아는 누군가를 나도 안다는 걸 확인받는 순간은 얼마나 반갑고 뿌듯했을 것이며, 과거 서울시 행정에 피차 해박했을 두 사람의 옛날 이야기는 또 얼마나 신명이 났을 것인지.

하지만 불과 일 년 뒤 아버지의 상황은 그때와는 많이 달라졌다. 아버지는 가면 죽는다고 믿던 곳에 와서 실제로 곧 숨이 멎어도 하나 이상할 게 없는 유령 같은 환자들 틈에서 변변한 대화 상대를 찾기란 어려웠을 것이고, 그래서 잘 받지도 않는 전화를 가족들에게 돌려 잠깐이나마 통화를 하는 게 유일한 낙이었을 것이다. 그런데, 생각해 보니 고작 십 초를 넘겨본 적 없던 그 전화 한 통이, 내게는 십 초지만 아버지에겐 어쩌면 한 시간 아니 하루 전체였을지도 모를 그 전화 한 통을 받는 일이 어쩜 그리 귀찮고 번거롭게만 느껴지는 것인지.

살아나시길 바랐는데. 살아서 함께 야구 얘기도 하면서 그렇게 다시 전처럼 지낼 수 있길 바랐는데.

나는 지쳐 있었다. 부모가 쓰러지고, 죽음의 위기를 넘기고, 살아서 가족들을 들볶고, 그에 화내고, 이해할 수 없어 힘들어하고, 그러다 보면 또 미안해지고, 불쌍해하다 다가가면 또 신경이 곤두설 만큼 예민해지고. 그렇게 아픈 부모를 돌보고 살피는 일을 반복해야 하는 그 모든 일들에. 나는 그 짧은 통화를 위해 나름대로 망설이다 전화를 걸었을 아버지가 가여워서 잠시지만 가슴을 부여잡고 울었다. 하지만 나로서는 이 지친 마음을 비우고 재충전할 길이, 그래서 너그러운 마음으로 그깟 전화 한 통쯤 아무렇지 않게 받아드

릴 수 있는 여유가, 적어도 이 상황이 끝나지 않는 한은 존
재하지 않을 것만 같았다. 그리고 그 모든 상황이 길어지면
서 우리가 아버지한테뿐만 아니라, 우리끼리도 예민해져서
끝내 서로를 할퀴기 시작한 것도 그즈음이었다.

처음부터 귀찮지는 않았겠지.

처음부터 화가 난 것도 아니었겠지.

그저

아주 오랫동안에 걸쳐서 조금씩

마음이

사라져갔을 뿐이다.

61

그날은 큰누나의 생일이었다. 누나는 자기 생일을 앞두고 엄마가 뭔가 하려고 들 것을 알았기 때문에, 절대 아무것도 하지 말라고 열 번 스무 번을 당부했지만, 나는 알고 있었다. 엄마는 결코 누나 말을 듣지 않으리란 걸.

세상에는 두 가지 종류의 사랑이 있다고 나는 늘 말해왔다. 하나는 자기가 주고 싶은 것을 주는 사랑이요, 다른 하나는 상대가 원하는 것을 주는 사랑이라고. 우리 엄마는 절대적으로 전자에 속하는 사람이다. 자기가 아끼는 사람에게 주고 싶은 것을 주지 못하면 삐치고 속상해하고 병이 난다. 가령 엄마는 언젠가 내가 궤양성 대장염이라는 지병 때문에 배가 아플 때, 삼성병원에서 지어온 소화제라면서 굉장히 잘 들으니까 얼른 먹으라고 채근한 적이 있었다. 하지만 나는 일시적으로 탈이 나서 배가 아픈 게 아니라, 현대 의학으로는 치료가 불가능한 원인 미상의 면역성 질환 때문에 배가 아팠던 것인데, 엄마는 이런 사정을 아무리 설명해도 들으려 하지 않아 나는 아픈 배를 부여잡고 엄마까지 설득하고 달래느라 얼마나 힘들었는지 모른다. 왜. 엄마에겐 자식이 아프지 않게 되는 것도 중요하지만 자식을 위해 당신이 권한 방식이 받아들여지는 것 또한 못지않게 중요한 일이 었기 때문에.

아니 왜 나는 아파 죽겠는데도 엄마 기분까지 살펴야 해? 응, 엄마?

이런 엄마이기에, 엄마는 자기가 주고 싶은 건 기어이 줘야 하는 사람이기 때문에, 엄마가 아무것도 하지 말라는 큰누나의 말을 듣지 않으리란 걸 나는 평생의 경험을 통해 잘 알고 있었다. 누나는 남들이 자신을 위해서 표나게 뭘 하는 걸, 그래서 그런 자리의 주인공이 되는 걸 못 견디는 성격의 사람임에도, 엄마는 그런 누나의 사정은 아랑곳없이, 이미 머릿속에서는 아버지 때문에 고생한 큰딸을 위해 뭔가를 해주어야겠다는 생각에 눈가리개를 한 경주마처럼 완전히 몰입해 있었다. 그래서 마장동에 가서 최고로 좋은 소고기를 떼어올 생각에 설레어하고, 다른 요리는 뭘로 할까 궁리하는 일에 기쁨을 느끼며 정성을 다했으나 그 결과는 예상대로 가족들 간의 대판 싸움이었다. 엄마는 생일의 주인 공인 당사자가 무엇을 원하는지, 어떻게 해야 그 사람이 마음 편하고 즐겁게 그 시간을 보낼 수 있는지를 헤아리는 데에는 정말 하나도 관심이 없는 사람이기 때문에, 그저 평생 해온 대로, 자신이 주고 싶은 것, 아니 주어야만 한다고 믿는 것을 주려다가 결국 누구라도 예상할 수 있던 사달이 나고야 말았다.

내게 가족이란 늘 행복한 지옥이거나
지옥 같은 천국 둘 중 하나였다.
내가 아는 한 한 번도 중간은 없었다.

62

2024년 설날이자 큰누나의 생일 당일. 자신의 그 절절했던 당부에도 불구하고 엄마가 기어이 이렇게 뻑적지근한 생일상을 차린 것에 대해 처음에 큰누나는 별다른 말을 하지 않았다. 아마 어느 정도는 엄마가 말을 듣지 않으리란 걸 누나도 알았기 때문이었을 것이다. 그래서 누나는 자리에 앉아 하는 수 없다는 듯 묵묵히 수저를 들었는데, 엄마가 그만하라는 데도 그다음 코스, 또 그다음 코스를 끝없이 내오자 누나는 마침내 폭발하고 말았고, 나는 나대로 엄마가 누나로부터 그 불 보듯 뻔한 벼락을 맞는 사태를 기어이 설날 아침부터 목격해야 하는 게 너무 짜증이 나서 같이 엄마를 마구 공격했다.

아니, 사람이 그만 먹겠다고 하면 그만 좀 내와. 정말. 누나는 거의 발작이라도 하듯 온몸을 비틀며 소리쳤고, 거의 동시에 나 역시 짜증을 있는 대로 담아 엄마에게 소리를 질렀다. 아, 제발 하지 말라면 좀 하지 마요. 진짜 좀. 왜 이렇게 말을 안 들어.

엄마는 이 상을 받을 당사자의 마음은 신기하리만치 상관하지 않으면서 오로지 상을 차려줄 자신의 계획을 제대로 실현하는 데에만 몰두하다가, 자기가 그렇게나 정성을 다해 음식을 장만해 줬음에도 자식들이 고마워하기는커녕 이리 짜증과 화를 내는 것이 이해가 가지 않아 또 마음이 언짢아지고 말았다. 그것은 우리 가족 구성원들끼리 늘 그래왔듯, 서로가 서로를 이해하지 못해 벌어진 또 한 판의 오해의 전쟁이었다.

그래도 엄마가 열심히 차려준 건데 한 숟갈 먹어볼게요, 할 생각을 안 하고 그렇게들 소리를 지르니.

그러곤 엄마가 풀 죽어 안방으로 들어가 버리자 이번에는 둘째 누나가 우리들 때문에 화가 났다. 누나는 엄마가 얼마나 정성을 다해 큰누나의 생일상을 준비했는지 그 과정을 잘 알았기에 이렇게까지 화를 내는 큰누나에게 화가 났고, 나중에 안 사실이지만 아버지에게는 자상히 대하면서 엄마에게만 여과 없이 감정을 표출하는 내게도 화가 났다. 그래서 곡절 끝에 식사를 마친 우리가 다시 아버지 문제로 이런저런 이야기를 이어갔을 때, 내가 무슨 일인가로 또다시 엄마를 비난하자 그때는 누나도 더는 참지 못하고 나를 할퀴고 말았다.

그즈음 언젠가 볼일이 있어서 동사무소에 갔다가 어떤 사람을 보았다. 나보다 앞서 일을 처리하던 여자였고, 연배도 얼추 나와 비슷하게 보였다. 그녀는 동사무소 직원을 상대할 때는 필요 이상으로 보일 만치 무척이나 예의가 바르고 공손했는데 볼일을 마치고 복도에 나와서 휠체어에 앉아 있는 자기 어머니를 상대할 때는 남들이 보면 깜짝 놀랄 만큼 신경질적이고도 불손한 태도를 보였다. 엄마는 또 내 말 안 들을 거잖아, 그래서 나만 나쁜 년 만들 거잖아. 그녀는 거의 진저리를 치며 말했고, 그 광경을 보며 동사무소에 들른 몇몇 사람들이 비난조로 수군거리는 소리가 들려오기도 했지만 난 어쩐지 그분의 처지와 심정을 이해할 수 있을 것 같았다.

사람이 동일한 대상으로부터 동일한 행동이나 말에 의해 반복적으로 스트레스를 받게 되면 마치 살갗이 벗겨져 속살이 드러난 것과 같은 상태가 되는데 이럴 경우 먼지 하나만 그곳에 앉아도 통증에 가까운 쓰라림을 느끼게 된다.

늙고 병든 부모를 돌본다는 건 그런 것이다. 부모에 대한 책임
감으로 부모 곁을 떠나지 못하고 주위를 맴돌다가 마침내 본인
까지 지치고 병들어가는 것. 마침내 마음의 살갗이 벗겨져 어
느 순간부터는 부모로부터 아주 작은 스트레스만 받아도 악 소
리가 날 만큼 힘들어지는 것. 그래서인지 우리 형제들도 엄마
아버지로부터 가까이 사는 순서대로 점점 더 신경질과 짜증이
늘어갔다. 엄마와 붙어사는 나는 말할 것도 없고, 엄마와 십
분 거리에 사는 큰누나와 한 시간 거리로 떨어져 사는 둘째 누
나의 차이는, 내가 보기엔 그런 것도 있었다.

나는 눈물 많은 아버지가 할아버지 할머니 돌아가셨을 때 왜
그 많은 형제들 중 가장 늦게 구석에서 혼자 눈물을 훔쳤는지
를 이제야 알 수 있을 것 같았다. 부모에 대한 짜증과 아픔과
스트레스는 부모와 사는 거리에 비례했기 때문이었다(당연히 장
남인 아버지는 할아버지 할머니와 한집에서 살았는데, 부모와 가끔 보는
자식들일수록 돌아가셨을 때 더욱 많은 눈물을 흘렸다).

63

이제나저제나 우리는 아버지보다는 엄마가 걱정이었다. 그 시점에도 우리는 아버지가 퇴원을 못 할까 봐 걱정인 게 아니라 만에 하나 퇴원을 해서 집으로 돌아오시면, 그래서 전처럼 머리끝서부터 발끝까지 엄마가 아버지 시중을 들다 몸이라도 상하면 어떡하나, 그게 제일 걱정이었다. 나는 말했다. 그러면 시중을 안 들면 될 것 아니냐고. 숨 쉬는 것만 빼고 아버지의 모든 것을 엄마가 다 해주는 그런 거 좀 이제 하지 말라고 내가 몇 번을 말했냐. 나는 이 해묵은 엄마의 고통이 영원히 끝나지 않는 현실이 너무 짜증이 나서 마구 퍼부었다. 네 아버지랑 더이상은 못 살겠다고 할 때마다 그럼 헤어지라고 나는 반대 안 한다고 말한 지가 십 년이 넘는데, 왜 그 말을 안 듣고 아버지를 자기 혼자 힘으로는 아무것도 못 하는 사람으로 만들어놓고는 이제 와서 아버지 시중들기 힘들어 죽겠다고 하면 어떡하라는 거냐고 내가 불만을 쏟아내자, 둘째 누나가 발끈하며 엄마 역성을 들었다. 그게 왜 엄마 잘못이냐면서.

나는 아무리 말해도 바뀌지 않는 엄마가 고통을 자청하는 게 너무 답답해서 한 말이었지만, 둘째 누나가 볼 때 나는 엄마에게 모든 것을 의지하는 아버지가 아닌 모든 것을 해 준 엄마를, 다시 말해 가해자가 아닌 일종의 피해자 탓을 하는 나쁜 자식이었다. 누나는 결국 엄마가 이렇게 고생을 하게 된 건 다 엄마의 자업자득이라는 나와, 자기도 그 점에선 같은 생각이라는 큰누나의 말에 결코 동의할 수가 없었던 것이다.

어떻게 말을 그렇게 하니. 너는 아버지한테 안 가버리면 그 만이지만 엄마는 그럴 수가 없는 거잖아.

이건 또 무슨 말일까. 누나는 특유의 눈 흘김을 보태가며 내게 말했고, 이번에는 누나의 말에 내가 놀라고 말았다. 당시 나는 아버지한테 화가 나서 또 면회 가는 일을 잠시 중단한 상태였는데, 누나는 마치 내가 아버지 돌보는 일을 다른 가족들한테 내내 미루기라도 한다는 듯 나를 비난했기 때문이었다. 물론 누나는 내가 엄마 탓을 하는 것 때문에 화가 나서 그런 거였겠지만, 의도야 어쨌든 내게 그 말은 평소 조용히 숨겨왔던 일종의 발작 버튼을 누르는 역할을 했다. 혹시라도 생색내는 것으로 비칠까 봐 조심은 하면서도, 나는 내가 엄마 아빠에게 하는 것만큼 이 집안에서 충분한 인정과 감사를 받고 있지 못하다는 생각을 속으로나마 늘 하고 있어서 그런지(나도 내가 누나의 그런 말에 이 정도로까지 자극을 받을 줄은 몰랐다), 그런 누나의 비난을 참지 못하고 맞서서 소리를 높였다. 아니, 어떻게 아버지한테 몇 달을 하루도 빼놓지 않고 가다시피한 나한테 그런 말을 할 수가 있어? 나는 지금도 이 집에 들어가는 집세와 엄마 생활비, 아빠 병원비를 대느라 하루하루 피가 마르는데. 하면서 나는 구차하고도 민망한 공치사를 이어갔고, 그렇게 고삐가 한번 풀려버리자, 나이 차이가 한참 나는 둘째 누나의 남편이자 손위 매형이 있음에도 계속해서 소리를 지르는 무례를 범했다. 그리고 그건, 그 행동은, 사위는 백년손님이라는 말까지 굳이 들먹이지 않더라도 내가 내 손위 형제에게 버릇없이 구는 것과는 또 다른 차원의 일이었기에, 둘째 누나는 내가 더욱 괘씸했을 것이다. 나도 그렇게 군 걸 거의 실시간으로 후회하고 있었으니까.

무엇보다 놀랐던 건, 가족들 앞에서 감정을 드러내는 일을 그토록 자제해 온 나였음에도 이제는 내가 스스로 강하게 걸어왔던 마음속 브레이크 장치가 더는 역할을 하지 못하고 있다는 사실이었다. 뭔지 모를 분노와 스트레스가 내 마음 아주 깊은 곳에 지워질 수 없이 자리를 잡아 전에는 결코 할 수 없었던 말까지 밖으로 마구 뱉게 되는 것 같았다. 하루 온종일 신경을 곤두세운 채 누군가의 안위를 하염없이 걱정하는 시간이 너무 길어져서 내 마음과 생활이, 점점 더 피폐해지는 것만 같았다. 어떡하지? 어떻게 이런 시간을 견디며 살아가야 하지? 모르긴 몰라도 뭔가 출구 없는 미로에 빠진 듯한 이런 기분을 그때 누나들도 서서히 느끼고 있었을 것이다.

엄마 탓을 하지 않는 거? 좋아.
근데 엄마의 고통은 그럼 어떡하지?
아버지는 결코 바뀌지 않을 텐데.

10부

어느 봄의 캠프파이어

누구도 즐겁지 않은 큰누나의 생일을 보냈지만 앙금이 오래가진 않았다. 열흘쯤 뒤, 기다리던 엄마의 진짜 수술 날짜가 잡혔기 때문에 부모의 큰일 앞에 자식들의 감정 다툼은 그저 사소한 일이 되고 말았다. 엄마가 진짜로 수술을 받게 되자, 그날의 일은 적어도 겉으로는 싹 잊은 채 우리는 오직 엄마를 위해 다시 일사불란하게 뭉치기 시작했다. 지난번 허탕을 쳤을 때와 마찬가지로 둘째 누나와 난 엄마를 위해 모든 일정을 비웠고, 누나는 저번에 미처 준비하지 못한 것들까지 챙겨 새로이 차에 싣고서는 엄마와 내가 사는 곳으로 먼 길을 달려왔다.

모든 게 지난번과 똑같았다. 아니, 이미 한 번 해봤기 때문에 엄마를 돌보는 우리의 호흡은 더욱 정교해졌다. 톱니바퀴의 큰 톱날과 작은 톱날처럼 누나와 나는 엄마를 두고 모든 일을 더욱 체계적으로 분업해서 해나갔다. 내가 집에서부터 누나 차를 운전해서 대학로에 있는 서울대병원에 도착, 본관 정문 앞에 누나와 엄마 그리고 당장 필요한 최소한의 짐만을 내려준 뒤 서울대병원 특유의 넓고 복잡한 주차장에 차를 대러 가면, 그동안 누나는 지체 없이 엄마에게 필요한 수속을 밟는 식이었다.

다행히 오늘은 저번과 같은 어이없는 해프닝은 벌어지지 않아서 엄마를 무사히 병실에 입원시킬 수 있었는데 다만 나는, 아마도 내가 누군가의 보호자로서 병원에 입원을 시키러 간 것이 거의 처음이라 그런 것이겠지만, 대학병원에 입원을 하기 위한 절차가 이렇게나 많고 복잡한 줄 이번에 처음 알았다. 원무과에 가서 병실을 배정받고 한 명밖엔 되지 않는 보호자 등록을 하고 허용된 시간 내에 병동을 드나들 수 있는 출입 카드를 받고 한 대밖엔 안 되는 보호자 차량의 번호를 등록하고 담당 간호사로부터 입원 생활에 대한 주의 사항을 청취한 후 그 내용을 다른 가족들과 공유하고 환자(엄마)가 평소 먹는 모든 약을 빠짐없이 집에서 가져와 간호사실에 제출하고 엄마의 노트북 사용을 위해 복잡한 와이파이 문제를 해결해 드리고 온갖 검사를 받으러 다니는 엄마를 따라다니며 돕고 그 밖에 여러 필요한 것들을 구비해 드린 후 우리는 엄마를 입원시키는 그 긴긴 하루 동안의 프로젝트를 무사히 마친 다음, 입원 병동 근처 복도에 마련된 휴게실에 앉아서 그런 이야기를 했다.

누나. 우리는 나중에 자식들한테 이렇게 힘들고 긴 도움 같은 건 절대 못 받겠지.

그렇지. 부모한테 이렇게까지 하는 세대는 아마 우리가 마지막이겠지.

그건 내가 나중에 늙고 병들었을 때 지금 우리가 하듯 자식 세대가 나에게 해주지 않으면 어쩌나 걱정이 돼서 한 얘긴 아니었다. 나는 자식도 없는 데다 있다 해도 애저녁에 그런 걸 기대하는 사람도 아니었거니와, 단지 나는 우리 형제들처럼 늙고 병든 부모를 둔 누나의 친구들이나 내 주변 나와 비슷한 처지의 자식들을 보면(물론 대체로 딸자식들에 한정된 이야기이긴 하지만), 누가 시키지도 않았는데 그렇다고 어려서 부모와 특별히 잘 지낸 기억이 많은 것도 아닌데, 어떻게 그렇게 다들 늙고 병든 부모를 위해 헌신할 수가 있는 것인지, 무엇이 우리로 하여금 이렇게 아무런 대가 없이 부모를 보살피도록 만들었는지 그 연유와 동력이 궁금해서 던진 말일 뿐이었다.

확언하기는 어렵지만 우리의 자식 세대들은, 그러니까 이제 막 서른이 넘어가는 나의 조카들이나 그 이후의 세대들은, 그 아이들의 인품과 덕성이 우리보다 모자라서가 아니라 시대라든가 환경이라든가 하는 여러 이유들로 인해 우리처럼은 하지 못할 거라는, 그래서 이렇게 부모를 앞뒤 재지 않고 거의 맹목적으로 돌보는 세대는 우리가 마지막일 거라는 막연한 느낌이 있다.

65

엄마가 입원한 첫날. 보호자는 한 사람만 병동 출입이 허용
됐기 때문에 내내 밖에서 심부름만 하던 나는 집으로 가기
전에 엄마가 어떻게 하고 있는지 들여다보고 싶었다. 병동
입구에서 누나에게 건네받은 보호자용 카드키를 감지기에
대자 무심히 닫혀 있던 유리문이 열렸다. 엄마가 있는 병실
은 병동 입구 바로 왼쪽에 있었는데, 마침 젊은 간호사가 엄
마에게 주사를 놓으려 하고 있었다. 나는 혹시 방해가 될까
봐 병실에 들어가지 않고 복도에 서서 기다리고 있는데 잠
시 후 아야, 하고 엄마의 짧지만 제법 큰 비명이 들렸다. 소
리가 심상치 않은 게 간호사가 한 번에 주사를 놓지 못해 다
시 놔야만 할 상황인 것 같았다. 걱정이 돼 슬그머니 병실
안을 들여다보니 엄마는 주사를 놓는 간호사에게 거의 사
정을 하고 있었다. 아유, 죄송한데 다른 능숙하게 놓는 분이
좀 해주시면 안 될까요? 제가 혈관 모양이 좀 이상해서 주
사 놓기가 어렵다고들 그래요, 하고 엄마가 부탁하자, 그 간
호사는 자존심이 상했는지 자기가 바로 그 능숙하게 주사
를 놓는 사람이라면서 다시 한번 엄마를 찔렀고 그 후 한 번
을 더 찌른 다음 기어이 다른 간호사가 오고 나서야 엄마의

팔뚝엔 무사히 주삿바늘이 들어갈 수 있었다.

복도에서, 엄마가 주사 맞기를 기다리는 동안 나는 바늘에 찔릴 때마다 터져 나오는 엄마의 비명을 차마 듣고 있을 수가 없어서 병실에서 먼 간호사실 근처로 달아나듯 자리를 옮겼다. 엄마가 소리를 지를 때마다 엄마가 느끼는 통증이 내게도 그대로 전해지는 것만 같았다. 아버지는 물론 가족들이 아프면 엄마는 항상 병원에 따라가서 자신이 보호자가 되지만 정작 당신이 아플 땐 정말 죽겠는 지경이 아니면 기어이 혼자서 병원을 찾지 않던가. 때문에 난 어려서는 아예 엄마는 고통이란 걸 느낄 줄 모르는 존재라고 철없이 믿었던 적도 있었다. 한 번도, 엄마가 내 앞에서 아파하는 모습을 본 적이 없었기 때문이었다. 그래서 그런지 엄마는 여전히 자식들 걱정한다면서 누워 끙끙 앓다가도 나만 집엘 가면 벌떡 일어나 멀쩡한 척을 했기 때문에 난 엄마의 상태에 대한 판단이 누나들과 달라 어리둥절할 때가 많았다. 석원아, 오늘 엄마가 너무 아프셔. 어떡하지. 엄마가 아프다고? 그럼 난 방금 누구랑 있다 나온 거야?

그렇게. 엄마는 뭐든 잘 참아서 고통이란 것도 모르고, 맛있는 걸 먹지 않아도 배가 부른 사람이라고 믿었던 나는 그나마 철이 조금 들면서 엄마에게도 나와 똑같은 두려움이 있고, 엄마도 나와 똑같이 아픈 걸 싫어하고 나와 똑같이 맛있는 것 먹기를 너무나도 좋아한다는 사실을 알고 난 뒤, 나의 감각은 마치 그 옛날 내가 엄마 뱃속에 있을 때처럼 엄마와 곧바로 연결되는 듯한 기분이 들었다. 세상에! 누군가와 한 몸처럼 감각이 연결되어 그 사람의 고통을 마치 내 것처럼 느끼게 된 덕분에 스트레스를 받고 지치도록 걱정을 하는 이런 지경을 엄마는 이미 평생토록―당연히 우리들 때문에 ―겪어왔다고 생각하니, 그런 엄마가 나는 꼭 내 자식처럼 느껴져 한없이 안쓰러울 뿐이었다.

잠시 후 간호사 둘이 병실에서 의료용 카트를 밀며 나왔고, 엄마 팔에 주삿바늘을 꽂는 대공사가 마무리된 듯하자 나는 재빨리 엄마에게로 갔다. 병실 안으로 들어서니 엄마는 벌써 자신에게 할당된 공간을 완전히 자신만의 것으로 만들어놓고 있었다. 문가 쪽 벽에 붙어 있는 침대 발치엔 환자가 밥을 먹을 때 쓰는 식사대가 있었는데, 마침 시험 기간이었던 엄마는 그 식사대를 책상 삼아 그 위 가운데엔 노트북을 세팅해 놓은 다음 시험 준비에 필요한 각종 서적과 필기도구 등은 그 옆에 용도별로 위치를 달리해 정돈해 놓았다. 심지어 벽에는 집에서 가져온 대형 세계지도까지 붙여놓아 나는 지금 엄마가 있는 이곳이 공부방인지 환자가 입원해 있는 병실인지 구분이 가지 않았다.

나는 주사에 관한 엄마의 긴 하소연을 들어주고는 첫날은 그렇게 병실을 나왔는데, 다음 날 아침부터 엄마는 그곳 서울대학병원 입원실에서 아버지와는 또 다른 의미에서 전설을 쓰셨다. 엄마는 엄연히 입원한, 수술을 이틀 앞둔 환자였음에도 아침에 버스를 타고 본인 집엘 가서 거실 바닥을 걸레질하고 다시 병원으로 복귀하는가 하면, 무려 동대문시장으로 장을 보러 다녀오는 등 단 일 분도 가만히 있지 못했다. 그런 엄마를 보면서 나는 만약 아버지가 아니라 엄마가 쓰러져서 몇 달씩 병원에 손발이 묶여 누워 있어야 하는 처지가 됐다면 어땠을까 생각하니, 아버지와 달리 엄마는 절대로 그 순간들을 견디지 못했을 것이라는 생각에 아찔한 기분이 들었다. 그러면서도 엄마의 그런 누구도 막을 수 없는 에너지가 보는 나에게까지 전염되어, 아픈 부모를 돌보느라 지치고 생기 잃은 내 영혼에 활력을 불어넣어 주고 있음을 부정할 수 없었다.

나이가 여든다섯이 되었음에도 세상 그 누구보다 뜨거운 열정을 가지고 삶을 살아가는 엄마. 그 열정이 하도 뜨거워 어린 나는 마음이 데이기도 했지만, 이제는 그저 엄마가 남은 세월을 고통 없이 편안하게 지내기만을 바라게 되었으니, 아아, 만약 지금의 이 모든 서로에 대한 이해와 애정을 고스란히 가지고서 수십 년 전 그때로 돌아간다면 우린 모자지간이라는 하나의 팀으로서, 적어도 예전 그때보다는 훨씬 더 나은 순간들을 만들어낼 수도 있을 텐데.

그렇게 병원에 입원한 엄마를 보러 갔다가 집으로 돌아온 어느 날 밤. 나는 나이 쉰네 살에도 여전히 매일 밤 쓰는 일기장을 펼치곤 펜을 들어 이렇게 적어 넣었다.

엄마가 보고 싶다고.
어제도 보고 내일도 볼 엄마가.

엄마의 병명은 심장 판막증이며 그래서 수술을 받게 된 것
이고, 수술은 수술을 결정하고 일정을 잡는 의사와 실제 수
술을 집도하는 의사가 따로 있는데, 엄마의 수술을 맡은 의
사는 우리나라에서 그 분야 최고의 실력자이자 수술 성공
률이 무려 백 퍼센트에 달한다고, 큰누나는 어디서 그런 정
보를 모았는지 상황을 거의 컴퓨터처럼 정리해서 우리들
에게 브리핑했다. 나는 누나가 원고도 없이 어떻게, 그 모든
사항을 그토록 일목요연하게 정리해서 단 한순간의 버벅거
림도 없이 필요한 말만 전달할 수 있는지 새삼 감탄했다. 아
마 그래서 우리는 각자 자기가 잘하는 분야에서 능력 발휘
를 하며 부모를 보살펴 온 지도 몰랐다. 내가 음악과 글이라
는 두 가지 일을 한 덕분에 누나들보다 돈을 조금 더 많이
벌 때, 나는 가족 중에 가장 많은 돈을 부담하고 그밖에 물
리적인 힘을 쓰거나 엄마 아빠의 잔수발 드는 일을 주로 맡
아서 했다. 대신 나는 관공서에 대한 울렁증이 있고 각종 행
정적인 일을 처리하는 데에는 대단히 취약했기 때문에(언
젠가 일본에 돈 부칠 일이 있을 때 국제 송금을 할 줄 몰라서 직접 돈
을 가지고 비행기를 타려고 했던 적도 있다) 병원이나 보건소, 구

238

청 등의 국가 기관은 물론 우리처럼 늙고 병든 부모를 모시는 자식들은 반드시 알아두어야 할 한 살림협동조합(유기농 식자재를 파는 그곳과는 다른) 같은 민간 기구들을 상대하고, 의사와 중요한 면담을 해서 상황을 객관적으로 파악 정리하는 일은 언제나 큰누나 몫이었다.

그럼 둘째 누나는 뭘 하느냐. 오 년 전인 2019년, 코로나 팬데믹이 세상을 덮치기 바로 전해 엄마의 팔순 때, 우리는 연초부터 모여서 엄마의 일생 최대의 경사를 어떻게 치를 것인지를 놓고 길고도 잦은 토의를 했다. 논의의 끝에 우린 엄마를 유럽에 보내드리기로 했는데, 바로 이때, 자신의 둘째 딸을 데리고 엄마를 직접 따라가기로 한 누나가 엄마의 팔순 기념 여행이라는 가족의 기념비적인 행사를 무사히 치르기 위해 한 일들을 보면 그가 어떤 성격의 소유자인지를 잘 알 수 있다. 아이들 그림 가르치는 일을 하느라 평생 영어쓸 일이 없던 누나는 단지 엄마의 열하루 동안의 여행을 돕기 위해 두 달 동안 매일 아침 여행 영어를 배웠고, 그 열하루를 가능한 한 최고의 시간으로 만들기 위해 가본 적도 없는 먼 나라의 골목 구석구석까지 마치 실제로 다녀온 듯 샅샅이 파악해 여행용 지도를 만들고, 거진 분 단위로 세세한 여행 계획을 세우느라 꼬박 반년을 썼다. 그렇게 준비해서 다녀온 여행이 엄마와 누나에게 어떤 시간들로 남았는지는 또 다른 문제긴 했지만(대개의 가족 여행이 그렇듯, 누나와 엄마와 조카도 현지에서 가족이라 불기질 수밖에 없었던 약간의 엇갈림과 오해들이 있었다). 그렇게 헌신이란 개념이 사람으로 분해 태어난 듯한 누나가 엄마의 수술 당일, 보호자가 반드시 함께 있어야 한다는 병원 측의 요구에 정말로 만 이십사 시간을 단 한 순간도 쉬지 않고 꼬박 엄마 옆에 붙어 있는 걸 보면서 나는 또 한 번 감탄하지 않을 수 없었다. 나 역시 엄마를 세상 그 누구보다 사랑하지만, 제아무리 죽도록 사랑한다 해도 우리 엄마와 하루 종일 붙어 있는 건 정말로 보통 일이 아니다. 물론 큰누나도 필요하다면 자신의 만 하루를 엄마를 위해 기꺼이 바칠 수는 있겠으나, 문제는 큰누나가 엄마 옆에 단둘이 이십사 시간이나 붙어 있다가는 병원이 폭파될지도 몰랐기에, 우리 중에 오직 둘째 누나가 누나만이 발휘할 수 있는 그 집요할 정도의 헌신성으로 엄마를 돌보는 모습은 동생으로서 그저 존경스러울 뿐이었다.

68

대신 나는 다른 것으로 승부를 봤는데, 엄마 옆에 오래 붙어 있지 못하는 대신 하루도 빼놓지 않고 매일 병원을 찾았다. 본래 일을 할 때도 한 번에 오래 집중하는 것보다 순간적인 집중을 여러 번 하는 걸 더 선호하는 편이기 때문에 하루 종일은 같이 못 있어드려도 엄마를 보기 위해 매일 먼 길을 오가는 건 전혀 문제가 되지 않았다. 마침 새 학기가 되어 누나들은 각자의 일터로 돌아갔는지라, 나는 홀로 낮에는 집 근처에 있는 아버지한테 갔다가 늦은 오후나 저녁엔 엄마한테 가서 엄마를 돌보고 살피는 일을 반복했다. 가족들은 또다시 내게 너무 많은 짐이 지워졌다며 걱정했지만, 비록 물리적인 거리는 늘어났을지언정 내게 그 일은 마치 부모님 댁에 가서 아버지가 있는 안방엘 먼저 들렀다가 뒤이어 엄마가 있는 거실로 향하는 일처럼 여겨졌다. 게다가 엄마가 사람들만 찾아가면 무조건 병원 건물 바깥으로 나가 바람 쐬길 원했기 때문에 익숙한 옛 서울대학병원 건물들을 바라보며 밤마다 엄마와 과거로 돌아가는 일도 그리 싫지만은 않았다.

엄마는 그 나이에 전신마취를 동반한 수술을 앞두고 있다는 사실에 뭔가 감정적으로 고조가 되었는지 유난히 옛날 이야기를 많이 하셨는데, 그날 우리 대화의 첫 주제는 의지력이었다. 엄마는 바쁜 와중에 당신을 찾은 자식이 반가우면서도, 밖에서 보니 새삼스레 내 덩치가 너무 커져 있는 거라. 그래서 나를 보고 살을 빼야 한다고, 안 그러면 아버지처럼 된다고 익숙한 잔소리를 했고, 거기에 나는 대꾸하기를, 지금의 나는 더이상 사람의 의지력으로는 먹는 걸 억제할 수 없는 단계에 들어섰기 때문에 병원에 가서 의학의 힘을 빌리는 수밖엔 없다고 한 것이 발단이었다. 그런 내 말에 특유의 능력주의가 발동한 엄마는 사람의 의지로 안 되는 게 어딨냐면서 갑자기 나를 향해 한쪽 손을 들어 맹세하는 자세를 취해 보였다. 그러더니 내 남은 인생 전부를 걸고 오늘 밤부터 야식을 먹지 않겠다고 결심하면 되는 것이라며 거듭, 세상에 인간의 의지로 하지 못할 일은 아무것도 없다고 강변했다.

그 얘기는 결국 그러다가 나오게 된 것이었다. 엄마와 나의 대화는 종종 탁구를 치듯 일종의 말 겨루기로 번질 때가 있는데, 살을 빼려면 약이라도 먹어야겠다는 내 말을 엄마가 그런 건 다 의지박약이다 일축했으므로, 나는 또 거기에 재차 반론을 펴려다 나온 말이었다. 엄마, 엄마 아들을 좀 봐. 엄마는 기억 못 할지도 모르지만 나는 아주 어려서부터 지금까지 만성적인 우울증을 갖고 살아왔거든. 지금은 병세가 많이 줄긴 했지만 말야. 나는 평소 엄마와 대화할 때 그 어떤 필터링도 걸지 않을 만큼 아주 거침없이 속 얘기를 하는 편인지라 그날도 수술을 앞둔 늙은 엄마에게 하기엔 조금 걸맞지 않아 보일 수도 있는 이야기를 아무렇지 않게 했다. 엄마도 알겠지만 우울증 환자는 자살 충동을 느끼잖아. 난 솔직히 아직도 그럴 때가 있는데, 그런 내가 어떻게 안 죽고 지금까지 엄마 옆에 이렇게 살아 있게? 그거는, 난 죽고 싶을 때마다 엄마 생각을 하면 죽을 수가 없었어. 그게 무슨 얘기냐 하면 그렇게 본인 의지로 안 죽을 수 있으면 그건 비교적 경한 우울증이다, 이거야. 적어도 지금의 내 상태는 말이지.

엄마는, 나이 든 부모 앞에서 자살이니 죽음이니 하는 소리를 아무렇지 않게 내뱉는 나이 오십 먹은 아들의 이야기를 뭔가 생각이 많은 표정으로, 하지만 겉으로는 별다른 대꾸 없이 듣고 있었다. 근데 왜 어떤 사람들을 보면, 금쪽같은 어린 자식들이 있는데도 막 우울증으로 자살하는 엄마들 있잖아. 사람들은 그런 엄마들 보고 어떻게 생떼 같은 어린 자식들을 두고 그렇게 혼자서 가버릴 수가 있냐고 막 비난을 하는데, 그게 이런 거거든. 그런 사람들은 어쨌든 힘들어도 일상을 유지할 수는 있는 상태의 환자들과는 달리 본인의 의지로는 도저히 죽음에의 충동을 막을 수가 없을 만큼 아주 심각할 정도로 깊은 우울증이라는 거지. 자식 생각하는 마음으로도 이겨내지 못할 만큼 말이야. 하고선 마침내 나는 흔들리는 촛불처럼 점점 더 생각이 많아지는 것만 같은 표정의 엄마를 향해 이 모든 이야기의 결론을 던졌다. 그러니까 세상 모든 일을 의지력으로 해결할 수 있다고 말해서는 안 되는 거라고, 내 말은.

거기까지 이야기를 할 때만 해도 나는 몰랐다. 다소 수위가 세기는 했지만, 나는 그저 늘 하던 대로 엄마랑 하는 말씨름에서 작은 승리나마 거두기 위해 나름의 주장을 편 것뿐인데, 평소 같았으면 자식 두고 자기만 하늘나라 가버리는 게 그게 무슨 부모냐며 역정을 냈을 엄마는 오늘은 왜 그런지 그런 내 말에 반론을 펴기는커녕 맞다고, 자기도 그런 경험이 있다면서 순순히 수긍을 하더니 한 번도 내게 해준 적 없던 이야기를 하기 시작했다.

69

지금부터 내가 하려는 이야기는, 우리 집안의 아픈 가족사를 굳이 들추기 위함은 아니다. 인간에게 있어서 의지력이 갖는 비중에 대해 말하고자 하는 건 더더욱 아니다. 나는 단지, 평생을 가족이라는 이름으로 묶여 함께 살아온 사람들이, 함께 보낸 그 긴 시간에도 불구하고 서로에 대해 알지 못하는 부분이 얼마나 많은지에 대해 말하고자 할 뿐이다. 나는 엄마가 나를 가지기 얼마 전에 삶의 고단함에 못 이겨 극단적인 시도를 한 적이 있다는 걸 오래전 누나들로부터 들어서 알고 있었다. 그것 외에도 우리 집안의 유난히 슬프고도 거친 가족사를 대부분 알고 있(다고 믿)었기 때문에, 그 안에서도 유난히 복잡다단한 삶을 살았던 엄마가 (나로서는 추측만 할 뿐인) 모종의 고통을 견디다 못해 그런 선택을 한 것이리라 짐작할 뿐이었다. 그리고 나 개인적으로는, 신혼 때 그러니까 아직은 엄마의 마음이 결혼으로 인해 덜 어두워지고 덜 오염되고 덜 고단했을 때 연년생으로 낳은 큰누나나 둘째 누나와 달리, 죽음을 생각할 정도로 삶이 고단해져 버린 상태에서 엄마가 나를 갖고 낳았기 때문에 내가 이렇게 평생을 남들보다 조금 가라앉은 내면을 가진 채 살아가게 된 것일지도 모른다고, 그저 엄마의 비극마저도 나와 연관 지어 추측할 뿐이었다.

한데 엄마가 본인 입으로 내게 직접 들려준 이야기는 일의 시점부터가 내가 알고 있던 것과는 완전히 달랐다. 엄마는 나를 낳기 전이 아니라 나를 낳은 직후 일 년이 채 되지 않았을 때 세상을 하직하려고 동네 약국에 가서 몹쓸 것을 사다가 입안에 털어 넣으셨다고 했다. 그 몹쓸 것은, 정확히 말하면 청산가리라는 이름의 독약이었는데 엄마는 조금만 먹었다가 중간에 깨어날 것을 우려해 치사량 이상을 먹었는데도 이상하게 몸이 멀쩡해서 왜 죽지를 않냐고 그걸 산 약국에 도로 찾아가서 물어보기까지 했다고 한다.

그 이야기를 듣고 나는 마음이 아프기에 앞서 당황스러울 수밖엔 없었다. 지금까지 엄마를 그렇게 만든 고통이 내가 태어나기 이전에 발생한 것인 만큼 나와는 무관했던 것으로 알고 살아왔는데, 내가 태어난 이후에 벌어진 일이라면 그게 결코 나와 무관하다고 할 수는 없는 것이 아닌가, 하는 일종의 당혹스러움 때문이었다. 나는 우리 집에서 나를 포함한 식구들이 겪은 온갖 일들을 예전부터 알고 있었기 때문에 이 집안의 어지간히 비극적인 일에 대해서는 더는 충격 받을 일이 없을 거라고 생각했지만, 흔히들 죽음보다는 생명에 훨씬 더 가까운 존재라고들 여기는 엄마로부터 그때의 일을 세세히 듣고 있는 기분은 뭐라 설명하기가 어려운 것이었다. 하나의 삶의 주체로서, 그러니까 누군가의 죽음을 결사코 막는 일종의 울타리이자 보호자로서가 아니라 자신이 직접 죽음을 선택하고 실행하는 단독적인 어떤 삶의 주체, 그것도 아주 연약하고 상처 입은 주체로서 엄마가 다가왔기 때문이었다. 예상도 못 한 엄마의 고백에 일격을 받은 나는 무슨 말을 해야 할지 몰라 허둥대다가 어디선가 주워들은 이야기가 생각나 그렇다면 산후우울증이었던 것이냐 겨우 그것을 물었지만, 엄마는 정말 생각이 안 난다는 표정으로 자기도 모르겠다고 대답했다. 사람이 한 번뿐인 자기 목숨을 스스로 끊으려고 했던 이유를, 그것도 자기 뱃속에서 방금 나온 아기를 두고서 그런 결심을 해야만 했던 까닭을 어찌 모를 수 있을까 싶지만, 누군가에겐 평생에 한 번 있을까 말까 한 사건이, 엄마에겐 그것 외에도 얼마나 힘들고 기가 막힌 일이 많았으면 오래돼 잘 생각이 나지 않는 흘러간 옛일 중 하나가 되고 만 것인지.

다만 엄마는 그때 약을 먹고 내게도 그 이름이 익숙한 어릴 적 동네에 있던 가톨릭 계열 병원에 실려 가셨는데 당시 삼십대였던 아버지가 달려와 그런 엄마의 처지를 슬퍼하며 끌어안고 함께 우셨다는 이야기와 누나들에게 미안해서 죽기전에 용돈 백 원씩을 주셨다는 이야기를 들려줄 뿐이었다.

그때만 해도 네 아버지가 나를 참 사랑했는데…

삼월 어느 날 밤이었다. 우리가 앉아서 이야기를 나누는 나무 벤치 주변엔 산들산들 바람이 불었고, 어려서부터 우리온 가족이 평생을 드나들어 병원이 아니라 일종의 어린 시절 졸업한 초등학교 같은 느낌이 더 강하게 드는 서울대병원 마당에서, 나는 지금으로부터 오십여 년 전에 핏덩이인 나를 낳고 채 일 년이 되지 않아 세상과 이별할 결심을 했던 서른한 살의 엄마를 생각했다. 엄마는 그때 왜 죽으려고 했을까. 왜 그때의 일을 엄마 본인은 물론 가족 중 누구도 정확하게 기억하고 있는 사람이 없는 것일까.

내가 어릴 적, 엄마는 나를 데리고 지금은 사라진 중앙청, 그러니까 옛 조선총독부 청사의 부속 건물에 있었던 후생관이라는 곳으로 자주 장을 보러 다니셨다. 당시 청와대 직원들과 공무원들의 복리후생을 위해 마련된 곳으로, 시중보다 식재료 등의 값이 싼 곳이었다. 그때, 심장 수술을 위해 입원한 엄마를 보러 서울대병원엘 드나들면서 왜 그렇게 내 마음이 일렁이는지 궁금했는데, 알고 보니 그건 우리가 대화를 나누던 장소 덕분이었다. 알다시피 서울대병원도 대한제국 시절에 만들어진 대한의원이 그 전신인 만큼 오래전에 지어진 건물들이 많다. 특히 우리가 대화를 나누던 나무 벤치 뒤편이 바로 지금의 의학박물관이자 대한제국 시기에 지어진 대한의원의 본관이었기 때문에, 나는 그 건물 특유의 근대 건축 양식을 보면서 오래전 엄마와 후생관을 드나들던 기억을 떠올렸고 그게 내 깊은 향수를 자극했던 것 같다. 일제시대에 일본 사람들이 지은 건물이어서가 아니라 그게 사십여 년 전 그 시절 나와 엄마의 추억의 공간이었기 때문에.

후생관이 있던 중앙청, 그러니까 옛 조선총독부 청사는 김영삼 정부에 의해 역사의 뒤안길로 사라졌기 때문에 이제 나는 옛 추억이 서린 공간을 더는 찾아볼 길이 없다. 그렇지만 엄마 손을 잡고 그곳을 찾던 순간만큼은 지금도 똑똑히 기억한다. 왜 이곳은 짜장밥만 있고 짜장면은 없는지, 진심으로 궁금해하던 순간들. 지금처럼 아버지가 무능하게 여겨지지도 원망스럽지도 않았던 그때. 나는 불현듯 그 시절이 생각나 환자복을 입고 나무 벤치에 앉아 있는 엄마를 바라보며 홀로 추억에 잠겼다. 지금 엄마는 늙고 병든 처지가 되어 내게 기대고 있었고, 수십 년의 세월을 건너뛰어 우리는 이제 도란도란 이야기를 나누는 친구 같은 모자지간이 되었지만, 왜 그런지 나는 오래전, 그 앞에 가서 서 있기만 해도 기가 질릴 정도로 날이 시퍼렇게 서 있던 젊은 시절의 엄마가 그리웠다.

본인도 주체할 수 없을 정도로 의욕과 열정과 기운이 넘치던 나의 엄마가.

70

엄마가 심장 수술 때문에 서울대학병원에 입원을 해 보낸 시간은 모든 것이 순조로웠다. 수술 당일 아침. 열 시 반이면 끝난다던 수술이 열두 시 반이 되도록 아무 소식이 없자, 나는 잠시 설마 하긴 했지만 그렇다고 걱정을 하지는 않았다. 전날 밤을 새워서 엄마가 수술을 받는 아침 늦게까지 잠을 잤는데 그사이 어떤 꿈도 꾸지 않았기 때문이었다. 나는 설마 엄마가 아무런 인사도 없이 우리들 곁을 떠날 거라고는 생각하지 않았기 때문에 그런 믿음은 정말로 내게 어떤 위안과 안심을 주었고 결과적으로 그 예상은 맞았다. 아침 일찍 병원으로 가서 수술을 마치고 나온 의사를 만나 이야기를 들은 큰누나는 내게 전화를 걸어와 이런저런 우여곡절이 있었음을 말했지만, 결국엔 모든 게 다 잘됐다는 이야기였으니까.

그렇게, 수술 후 경과도 무척 좋았던 엄마는 나로서는 마치 매일 밤 병원 앞마당에서 엄마와 단둘이 캠프파이어를 치른 것만 같은 추억을 남긴 채, 이제 이 주간의 입원 생활을 마치고 집으로 돌아가게 되었다.

11부

종이 인형

심장 수술만 받으면 그간 엄마를 괴롭히던 몸의 고통뿐만 아니라 그걸 지켜보는 내 마음의 고통까지도, 최소한 어느 정도는 덜 수 있으리라던 기대는 완전한 착각이었다. 병원에 입원해 있는 동안 그토록 컨디션이 좋았던 엄마는 정작 퇴원해서 집으로 돌아오자 엉덩이, 정확히는 꼬리뼈 쪽이 아프다며 침대에서 거의 누워지내다시피 해 나를 당황시켰다. 전부터 그쪽이 아프다는 얘기를 간간이 하긴 했지만 결코 이 정도는 아니었는데. 평소 내 앞에서는 아파도 아프지 않은 척 연기를 하곤 했던 엄마는 이제 자식들이 엄마 어떡하고 있나 들여다보러 집엘 찾아가도 일어나는 시늉조차 하지 못할 만큼, 극심한 고통에 시달리고 있었다.

그런 엄마를 보면서, 나는 이 끝이 없는 엄마의 고통과 그걸 해결하고자 분투하는 내게 계속해서 마치 이래도 포기 안할래? 이래도? 하기라도 하듯 쉼 없이 주어지는 (엄마와 관련된) 문제들의 행렬을 보면서, 삼십 년 전 내가 몰던 첫 차를 떠올렸다. 아버지에게서 물려받은 그 낡디 낡은 금색 차는 처음부터 운전석 쪽 창문이 내려가지 않아 애를 먹이더니 이상하게 어디가 고장 나서 돈을 들여 하나를 고치면 기다렸다는 듯 또 다른 곳이 고장 나 사람 부아를 끓게 했다.

사장님, 이 차 도대체 왜 이러는 거예요?

하루는 그 차의 또 어딘가가 고장이 나서 본의 아니게 단골이 되어버린 집 근처 카센터를 찾아 씩씩거리며 물었더니, 사장은 내가 자주 온다고 반기기는커녕 오히려 이런 말을 해주었다. 더이상 그 차에 돈 들이지 말고 그냥 폐차를 시켜버리시라고. 그러니까 사장 말에 따르면 그 차가 사람 속을 그렇게나 징하게 썩인 이유는 다른 게 없었다. 수명이 다했기 때문이었다. 차의 수명 자체가 다해서, 아무리 돈을 들여 고장 난 트랜스미션을 고치고 엔진오일 누유를 고쳐도 또 다른 데가 탈이 날 테니 그저 지금의 차를 버리고 새 차를 구하는 것 말고는 다른 방도가 없다고, 사장은 말하고 있었던 것이다.

그렇게, 난 수명 다한 물건의 말로가 어떤 것인지를 똑똑히 보았는데, 이제 다른 무엇도 아닌 바로 나의 엄마가 그처럼 수명이 다해 고장이 끝없이 나는 폐차 직전의 자동차 신세가 되었단 말인가? 큰누나는 이번에도, 꼭 그때 그 카센터 사장처럼 엄마가 지금 엉덩이가 아픈 건 몸이 늙어서 그런 거지 무슨 특정하고 유별난 병이 있어서 그런 게 아니니까 그냥 그러려니 하고 받아들이며 살아가야 한다고, 이번에도 그 특유의 어쩔 수 없음을 설파했지만, 그리고 그놈의 어쩔 수 없음에 대해 나도 진작에 동의하고 받아들이기로 다짐한 바 있지만, 다른 건 다 몰라도 엄마에 관해서 만큼은 난 여전히 (어쩌면 영원히) 아무리 어쩔 수 없는 것이라 해도 받아들일 수가 없었다. 그 옛날 고장이 하도 나서 진절머리가 나는 바람에 갖다 버리고 싶었던 내 첫 차는 결국 여차저차해서 진짜로 내다 버리곤 매끈한 새 자동차를 구하고 말았지만, 엄마만큼은, 엄마에게 아무리 두더지 게임처럼 새로운 문제들이 솟구쳐 오르며 나를 집요하게 괴롭힌다 할지라도, 아직은 내게 그것들과 싸울 힘이 남아 있는 만큼 할 수 있는 모든 걸 하고 싶었고 하려 했다. 하지만 내 바로 그런 마음, 그러니까 엄마를 고통에서 해방시켜야 한다는 일념으로 또다시 엄마의 생활을 통제하려 드는 나와, 지금이 아니면 졸업을 할 수 없다는 생각에 몸을 돌보기보다는 학업에 더 매달리는 엄마는 다시금 강하게 충돌했다. 남은 인생이 얼마나 되는지도 모르는데 어떻게 시간 배분을 그렇게 할 수가 있는 건지 나는 엄마의 선택을 이해할 수 없었고 (엄마는 학교 공부를 비롯한 자신이 해야 할 모든 일을 하고 나서 남는 시간에 병원엘 가려 했고 나는 가장 먼저 병원부터 간 다음 남는 시간에 다른 일을 봐야 한다는 입장이었다), 그 이해할 수 없음에 또다시 고통받는 하루하루가 계속되던 어느 날이었다. 그 와중에 요양병원에서 뜻밖의 소식이 들려온 건 그날도, 수년간 온라인으로 수업을 듣고 과제를 제출해 온 사람이 이메일을 쓸 줄 모른다는 사실을 도무지 믿을 수도 받아들일 수도 없어서 그 주인공인 엄마와 말싸움을 벌이다 밖으로 뛰쳐나와서는 아파트 마당 벤치에 앉아 숨을 몰아쉬며 가슴을 진정시키던 어느 날의 오후였다. 그렇게 엄마가 자신의 선택에 치여(엄마는 하필 상황이 가장 안 좋을 때 가장 많은 학점을 신청했다) 생활이 안 될 정도의 통증에 자신을 방치하고, 그렇다고 시험이나 과제 준비를 제대로 하는 것도 아니면서 생활만 수습이 되질 않아 나까지 함께 수렁에 빠져 허우적대고 있을 때, 그런 와중에 아버지는 눈치도 없이(적절한 표현인지 자신할 수는 없다) 몸이 나날이 좋아지고 있었다. 아버지는 이제 식도를 통해 완전히 정상적인 식사도 하시고 다시는 걸을 수 없을 거라던 많은 사람들의 예상을 깨고 마침내 걸으셨으며 나날이 몸에 힘이 붙고 탄력도 좋아져서 오죽하면 병원에서 얻은 별명이 그 병원 유일의 나일론 환자였다. 그런 아버지는 과연, 가족들이 면회를 가면 누구의 부축도 없이 혼자서 침대에서 벌떡벌떡 일어나 서는 모습을 보여주심으로써, 어서 자기를 집으로 데려가라고 연일 시위를 할 정도로 몸이 좋아지고 있었던 것이다.

(72)

설마 그럴 리가 있든 없든 간에, 아버지는 우리가 행여 당신을 일부러 퇴원시키지 않을까 봐 늘 우리를 떠보고, 언제까지 자기를 이곳에 놔둘 거냐면서 조르기도 하고, 때로는 태연하고 초연한 척 안심을 시키려고도 했다. 아버지는 우리가 면회를 가면 집으로 돌아가도 너희가 걱정하는 엄마를 힘들게 하는 일 같은 건 일절 없을 거라며 우리를 안심시키려 들었지만, 그 말이 사실이든 아니든 아버지가 모르는 사실 하나가 있었으니, 이제 심장 수술을 받으러 가기 전과 후의 엄마는, 아니 그 이전에 이미 아버지가 쓰러지시기 전의 엄마와 그 후의 엄마는 적어도 아버지에 대해서 만큼은 상당히 다른 사람이 되었다는 사실이었다.

사람은 말이 아닌 행동으로 자신을 보여주는 법이다. 엄마는 수술 후 퇴원을 해서 집으로 오고 나서도 입원 전에는 최소 주 일 회는 빠지지 않고 가던 아버지 면회를 무려 보름 동안이나 가지 않았다. 입원한 기간까지 합치면 한 달이 훌쩍 넘게 남편 얼굴을 보지 않은 것이다. 이것은 엄마가 아버지와 결혼한 지 육십여 년 만에 처음 있는 일로, 이 상황이 무엇을 의미하는지는 너무도 자명했다. 나는 그런 엄마를 보며 엄마가 아버지와 다시 함께 살게 되는 일을 두려워하게 되었다는 것을 알았지만, 나나 큰누나가 그런 엄마의 심경을 눈치챈 티를 내면 엄마는 무슨 말도 안 되는 얘기를 하냐면서 펄쩍 뛰곤 했다. 엄마, 나는 지금 엄마한테 왜 아버지 면회를 가지 않냐고 뭐라 하는 게 아니야, 하고 아무리 설명을 해도 엄마는 아예 들으려고조차 하질 않고 그저 자기를 왜 그런 식으로 보냐면서 역정만 냈다. 왜냐하면 엄마에겐 다시 아버지와 한집에서 사는 것만큼이나 아픈 남편을 돌보지 않는 나쁜 부인이 되는 것 역시 마찬가지로 겁이 나는 일이었기 때문이다.

설령 육십여 년을 아버지의 머리끝에서부터 발끝까지 책임져 주던 엄마가 이제 와서 더는 그 일을 못 하겠다고 선언한다고 해서 누구도 엄마를 비난할 수는 없는 일이었음에도, 엄마는 그런 건 결코 아니라며 자기 마음을 부정했고 하지만 엄마가 입으로 아무리 부정을 해도 엄마의 몸이 결코 아버지가 있는 병원으로는 향하지 않는다는 사실은 엄마의 두려움 섞인 마음을 여실히 보여주고 있었다. 심지어 아버지가 입원해 있는 요양병원의 오층 병동 바로 밑에 있는 삼층 프런트에 가서 아버지가 요구하는 음식이며 옷 등을 병실에 올려 보내 달라며 맡기고 올 수는 있을지언정, 결코 엘리베이터를 타고 단 이층만 올라가면 볼 수 있는 아버지를 보고 싶지는 않은 마음 말이다.

73

오늘은 쓰러져 병원에 실려 간 아버지가 무려 팔 개월 만에 바깥 외출을 하는 날. 아버지는 요양병원에 누워 있는 다른 환자들에 비해 신체 능력이 분명 월등히 호전된 건 맞았지만 그놈의 CRE라는 슈퍼박테리아가 여전히 몸속에 잠복해 있는 만큼 아직 퇴원을 할 수는 없었다. CRE는 오랫동안 아버지 몸에 있으면서 어떤 증상도 드러내지 않았기 때문에 아버지는 그 박테리아가 정말 그렇게 집에도 가지 못

할 만큼 위험한 것인지, 심지어 그게 진짜로 당신 몸에 있긴 한 건지 끊임없이 의구심을 가졌고, 그래서 본인이 평소 다니던 서울대병원 가정의학과의 담당 의사를 만나게 해달라고 집요하리만치 졸라서 하게 된 외출이었다. 물론 그날 아버지의 서울대병원행에 대한 의미와 이유에 대한 해석은 아버지 자신을 포함한 가족들 모두가 다 달랐는데, 아버지는 거기(서울대병원)에 가서 서울대병원 의사라는 타이틀을 단 당신의 담당 의사를 만나기만 하면 이 근본도 모르는 요양병원 의사들이 자신에게 가했던 터무니없는 진료들을 다 멈추게 하고 곧 집으로 돌아갈 수 있을 거라고 굳게 기대했다. 그와 달리 큰누나는 아버지가 무슨 중병을 앓는 게 아니기 때문에 요양병원 의사와 서울대병원 의사의 말이 크게 다를 리 없으므로, 그저 당신이 노래를 부르는 서울대병원에 가서 요양병원의 의사가 했던 말을 그대로 다시 들으면, 아버지가 당신 특유의 당 관리에 대한 억지 주장을 멈추거나, 적어도 퇴원에 대한 기대를 당분간은 접어둘지도 모른다는 것 정도에 의미를 둘 뿐이었다.

나는 그 두 쪽 다 아니었는데, 아버지나 누나의 의도나 해석이 어찌 됐든, 아버지가 팔 개월 만에 바깥바람을 좀 쐴 수 있다면 오늘의 외출은 그것만으로도 의미가 있다고 생각했다. 무엇보다 다른 건 어찌 되어도 좋으니, 아버지가 외출했다가 요양병원으로 복귀하는 길에 반드시 집에 한번 들러 일종의 퇴원 리허설을 해보시면 좋겠다고 가족들에게 진작부터 말을 해둔 상태였다. 나는 아버지가 병원에서보다 훨씬 다양한 동작을 요구하는 병원 바깥에서의 삶에 얼마나 적응할 수 있을지를 한번 보고 싶었다. 다리 하나만으로 자신을 지탱한 채 몸을 잔뜩 숙여 앰뷸런스보다 차체가 훨씬 낮은 승용차에 탄다거나 병원 욕실보다 상대적으로 좁은 집 화장실에 혼자 들어가서 부축 없이 아버지 힘만으로 변기에 앉았다 일어날 수 있는지 등을 내 눈으로 직접 보고 싶었다. 아버지의 진짜 신체적 능력이 어디까지 왔는지, 정말 집에 와서도 지내실 수 있는지 알고 싶었기 때문에.

74

당일 아침 열한 시. 아버지를 모시러 요양병원에 도착하니 큰누나 때문에 아버지에게 외출복을 입혀드리는 것부터가 난관이었다. 살짝 뒤미처 병원에 도착한 누나는 무슨 예상

못 한 일이라도 생길까 신경이 잔뜩 곤두서서는 아버지가 요청한 옷 보따리를 들고 서 있는 엄마를 보자마자 잔소리를 시작했다. 그냥 환자복을 입고 가면 되는데 옷은 뭐 하러 가져왔냐, 정 그러면 환자복 위에 겉옷이나 하나 걸치면 되지 옷을 갈아입다가 넘어지기라도 하면 어쩌려고 그러느냐는 게 누나 말의 요지였다. 애초에 감상적인 구석이라곤 없는 누나가 그런 실용적인 접근을 하는 동안 나는 아버지가 이 감옥 같은 병원에서 무려 팔 개월 만에 바깥 외출을 한다는 사실 앞에 아버지 이상으로 몽글몽글한 기분이 되어 원하시는 외출복을 꼭 입혀드리고 싶었다. 그래서 나는 엄마에게 속사포처럼 잔소리를 하는 누나를 피해 엄마가 준비해 온 옷들을 몰래 위층 병실로 올려 보내느라 진땀을 흘려야 했다.

잠시 후 은색 알루미늄으로 만들어진 다리 네 개짜리 보행 보조기를 밀면서 준비를 마친 아버지가 간병인의 에스코트를 받으며 우리가 있는 삼층 대기실로 내려오셨다. 평소에도 당신 머리 크기에 비하면 희한하게 잘 어울린다고 생각하던 헌팅캡에 엄마가 챙겨주신 노란 면 셔츠에 회색 체크 무늬 정장 바지까지, 오랜만에 제 옷으로 멋을 부린 아버지의 모습이 반가운 것도 잠시, 곧 그 모든 감흥을 깨는 누나의 신경질적인 목소리가 들려왔다.

아니, 근데 왜 운동화를 안 신고 쓰레빠를 신고 왔어요?

누나가 눈을 가늘게 뜨고 아버지를 살피다 그 부분을 지적하자 아버지와 육십대 초반쯤 되어 보이는 남자 간병인은 그제야 실수를 눈치챈 듯 서로를 보며 멋쩍게 웃었다. 마치 인기 없는 노년의 개그 콤비가 박수 없는 무대라도 마치고 난 것처럼. 아버지도, 아버지를 오랜만에 모시고 나갈 생각에 이래저래 긴장하고 마음이 바쁜 우리처럼 뭔가 경황이 없었는지 옷만 잔뜩 갈아입고 정작 신발은 챙겨 신지를 못한 모양이었다. 기왕에 하는 외출인데… 나는 찜찜했지만 다시 올라가서 운동화를 신고 오는 건 누구도 원하지 않았기 때문에 그냥 슬리퍼 차림으로 출발하기로 했다. 엘리베이터를 타고 지하 삼층 주차장으로 내려간 아버지는 내 설마 하는 의구심과는 달리 승용차의 낮은 차체에 무리 없이 올라타셨고, 그런 자신을 과시라도 하려는 듯 자신이 만만한 표정으로 (백미러를 통해) 나를 힐끔 쳐다보셨다.

75

아버지는 평소 자신의 건강을 종합적으로 관리해 주던 익숙한 담당 의사에게 CRE라는 박테리아가 정말 확실한 치료 약도 없고 그게 있으면 집에 가면 안 되는 것인지, 인터넷으로 검색만 해도 당장 알 수 있는 것들을 물었는데, 그 간단하고도 명확한 사실을 아버지는 요양병원의 의사가 말해주고 자식들이 수없이 말을 해줘도 믿지 않다가 기어이 서울대병원 의사에게까지 와서 그런 수준의 질문이나 하고 있었다. 나는 나이 아흔을 바라보는 옛날 사람인 아버지가 믿고 기댈 수 있는 정보의 경로라는 게 이런 정도─온 식구를 대동하고서 서울대병원 타이틀을 단 의사를 직접 찾아와 묻는 것─밖엔 없다는 사실이 딱하기도 했지만, 어쨌든 난 그날의 진료 자체에는 큰 의미를 두지 않았기 때문에 이제 아버지를 집에만 잠깐 모셔 가면 그뿐이었다. 그런데 행여 무슨 일이라도 생길까 오늘 아버지와 동행한 내내 신경이 잔뜩 곤두서 있던 누나가 역시 누나만큼이나 예민해져 있는 나의 의견을 대번에 묵살하며 반대를 하고 나서는 것이었다. 집엘 뭐 하러 가? 갔다가 아버지 병원에 안 가시고 집에 눌러앉아 버리기라도 하면 어떡할 건데?

알다시피, 나는 누나랑 논쟁하지 않는다. 어차피 논리로도 언변으로도 어쩌면 주먹, 아니 힘으로도 여전히 누나를 당해낼 수 없을지 모르기 때문에. 그렇지만 그날 그 순간만큼은, 누나의 한마디로 내 한 달간의 구상이, 그러니까 아버지가 당신의 집이 있는 아파트 십층으로 엘리베이터를 타고 올라가서 복도를 통해 집에까지 걸어가 잠시라도 머무르며 자기 두 발로 정상적인 이동이 가능한지, 다른 변수는 없는지 등을 꼭 좀 보고 싶었던 나로서는, 그런 나의 계획이 누나의 무자비한 반대로 좌절되자 참을 수 없이 화가 났다. 아무리 자기가 지금 부모님을 대신해 이 집안의 대장이라고는 해도 이렇게까지 가족들의 모든 판단과 행동 하나하나를 간섭해야 한다고는 생각하지 않았기에. 나는 생각할수록 누나에게 화가 나서 그저 병원 현관 앞에서 아버지를 다시 태우고는 요양병원 쪽으로 말없이 운전만 했다. 덕분에 순식간에 냉랭해진 차 안의 분위기를 누나는 나름대로 풀어보려고 그랬는지, 근처에서 간단하게 뭐라도 같이 먹고 가면 어떠냐고 뜬금없는 제안을 했고, 그래서 나는 더 화가 났다.

아, 전염성 박테리아가 있는 환자랑 무슨 밥을 같이 먹어.

내가 나도 모르게 쏘아붙이자 누나는 (적어도 내가 느끼기엔) 조금 움찔하더니, 마침 엄마도 집에 닭 요리를 해놓았다며 거들자 그제야 마지못해 그럼 집에 가서 그거나 드시게 하자며 아버지가 집에 잠깐 들르는 것에 못 이기는 척 동의하게 되었다.

$$76$$

삼십 분쯤 후. 차가 부모님 사시는 아파트 앞 주차장 마당에 들어서자 아버지는 차가 완전히 서기도 전에 미리 문을 열고 내리려고, 하지 마시라는 큰누나의 당부가 귀에 들리지 않는 듯 서둘러 차 문을 여셨다. 나와 또 한바탕 미묘한 분위기를 연출한 큰누나가 자긴 애들 수업시간이 다 돼서 먼저 학원으로 가야 한다길래, 나는 누나에게 성질부린 것이 걸려 가는 누나를 붙들었다. 그럼 엄마랑 아버지 올라가서 식사하는 동안에 내가 누나 학원까지 데려다주고 오면 되겠네. 그래도 아니라며 됐다는 누나를 어떻게든 달래려고 실랑이를 벌이던 그 잠깐이었다. 차가 멈춰 서고 식구들이

차례로 내린 후 기껏해야 한 오 초 정도 흘렀을까? 여전히 됐다고, 택시 타고 가면 된다고 사양하는 누나와 줄다리기를 하고 있는데, 갑자기 뒤편 어디선가 귀를 찢는 듯한 비명 소리가 들려왔다. 놀라 고개를 돌려보니 아버지가 어디론가 사라지고 없었다. 순간 당황해서 근처에 주차되어 있는 차의 뒤편으로 재빨리 돌아가 보니 그 짧은 순간에 아버지는 그새를 못 참고 혼자 집으로 걸어가다 바닥에 넘어져서 마치 종이 인형처럼 민망하고 어색한 표정으로 버둥대고 있었다. 내가 놀라 달려가니 주변에 있던 사람들이 무슨 일인가 싶어 몰려들었고, 학원으로 가기 위해 조금 멀찍이 떨어져 있던 큰누나는 거의 울부짖음에 가까운 괴성을 지르며 아버지에게로 달려왔다. 다행히 사람들의 부축을 받으며 일어난 아버지는 당장은 큰 탈은 없어 보였는데, 나를 본 아버지는 멋쩍은 표정을 지으시며 석원이 네 말대로 바깥에 나오는 게 보통 일은 아닌 것 같다고 하셔서, 나는 속으로 너무 잘된 일이라고 생각했다. 다치시지만 않는다면. 바깥 생활에 대한 아버지의 자신만만함이 안 그래도 걱정이었는데 이보다 더한 각성이 어디 있겠는가, 하는 생각에.

그 소동을 겪은 후, 큰누나는 아버지가 무사히 집에 들어가
시는 것까지 따라 올라가서 보고는 그만큼 늦게 학원으로
돌아갔고, 아버지는 부엌 식탁에 앉아 실로 오랜만에 집에
서 엄마가 요리해 준 닭다리를 맛있게 잡수신 후 아들이 모
는 차를 타고 다시 요양병원으로 복귀하셨다. 가면서 아버
지는 아까 쓰러지셨다 일어나셨을 때 내게, 바깥에 나오는
일이 보통 일은 아니라고 했던 것과는 달리 말을 바꿔서, 아
까는 그저 실수였다고 연신 나를 안심시키려 들었다. 나는
아버지가 오늘의 부상 없는 낙상사고 덕분에 앞으로의 병
원 바깥에서의 생활에 큰 경각심을 갖길 바랐지만, 아버지
의 머릿속은 오히려 오늘 일로 퇴원을 하지 못하게 되면 어
쩌나 걱정하는 마음만이 가득한 모양이었다. 아아, 하지만
아버지는 아마 영원히 모를 것이다. 아버지가 나와 가족들
을 안심시키려 하는 그 모든 것들이 언제나 우리를 불안하
게 한다는 것을.

저녁때, 집에 갔다가 다시 부모님 댁에 들르자 엄마는 하루
종일 긴장했는지 탈진해서 침대에 누워 계셨다. 달랑 아버

지 한 사람이 대학병원에 가서 고작 십 분 정도 진료를 받고 오는 데 가족 셋이 달라붙어 하루를 온전히 써야 하는 대공사가 마무리된 결과였다. 집 안엔 평소와는 다른 무거운 침묵의 기운이 흘렀다. 나중에 알게 된 사실이지만 병원에서 평지를 걷는 것엔 그렇게 자신을 보이던 아버지는 밖에 나와서는 고작 십오 센티미터 정도 높이에 불과한 보도블록 한 칸을 오르지 못해 그토록 무참하게 쓰러진 것이었다. 더구나 하필 근처에 있던 택배 기사가 마침 쓰러지는 아버지에게 달려와 옷 끝자락이나마 붙들지 않았다면 머리부터 바닥에 떨어져 진짜로 큰일이 날 수도 있었다는 엄마의 말에 나는 더더욱 마음이 무거워졌다. 혹시나 했던 기대와 달리 아버지는 이제 결코 집에 돌아와서 정상적인 생활을 할 수는 없다는 걸, 누군가 잠시도 쉬지 않고 지켜보고 있어야만 겨우 살아가실 수 있다는 것이 확인된 것이나 마찬가지기 때문이었다.

병원에서, 가족들이 면회를 가면 내 몸은 이제 멀쩡하다는 것을 보여주기 위해 신이 나서 걷고 또 걸으시던 아버지의 그 모든 희망은 이제 어찌 되는 것일까. 오늘 외출을 하기 며칠 전에 병원을 찾았다가 태어나서 처음으로 아버지와 다투었다. 아버지에 대한 불만이 하도 많아 왜 다투었는지도 잘 기억이 나지 않는다. 다만 아버지는 평소처럼 고집을 부리는 당신을 나무라는 나이가 서른세 살이나 적은 아들에게 항변이라도 하듯 이렇게 말씀하셨다. 나는 지금 죽음이 두렵거나 더 살고 싶어서 이러는 게 아니라고. 나는 다만 집에서 죽고 싶을 뿐이라고.

아버지가 그 말을 하시는데, 부모에게 원망 많은 자식으로서가 아니라 그저 한 인간으로서, 그런 아버지의 심정을 너무 공감하고 이해할 수밖에 없었기에 마음이 아팠지만, 상황은 그런 아버지의 마지막 꿈이 이루어지는 데 별로 협조적이지가 않았다. 아버지가 당신의 소원대로 집에서 죽음을 맞이할 수 있게끔 그때까지만이라도 온전한 삶을 누리실 수 있도록 하늘이 조금만 도와준다면 좋으련만 그게 왜 이토록 힘든 것인지. 죽는다는 건 이러나저러나 비극이었고 그리로 가는 과정에서 그 어떤 것도 수월하거나 내 마음대로 할 수 있는 게 없는 것. 그게 바로 죽음의 길이었다.

12부

기억들

내가 여덟 살쯤 되던 해의 일이다. 여름에 온 가족이 동해안으로 피서를 갔는데 그때 예기치 않게 거센 썰물에 휩쓸려서 엄마와 둘째 누나가 보이지도 않을 만큼 먼바다 저편으로 떠내려간 적이 있었다. 다행히 엄마와 누나는 마침 고무보트를 타고 근처를 지나던 군인들에 의해 극적으로 구조되었는데 역사에 가정이란 무의미하다지만, 만약 그때 엄마와 누나가 구조되지 못해 우리가 영영 이별했더라면 나는 어떻게 됐을까. 아마 완전히 다른 사람이 되어 다른 삶을 살았을 것이다. 나는 미술을 했던 누나가 어린 내게 연극을 보여주고 미술관이며 각종 전시회 같은 곳에 데리고 다니는 바람에 문화 예술에 대한 관심을 키우다 결국 그쪽으로 평생의 진로를 잡게 되었다. 또한 엄마에게서 받은 것들은 너무 많아서 언급하기가 다 구차할 정도인데, 그에 반해 아버지로부터 받은 것은 뭐가 있을까 생각을 해보니, 오른쪽 무릎 관절이 안 좋은 것과 할머니로부터 아버지를 거쳐 내게로 삼대째 이어져 내려온 그놈의 넓적한 코 외엔 달리 떠오르는 것이 없었다. 하지만 최근 어느 날, 엄마가 학점은 무지하게 신청을 해놓고는 본인의 아이디며 비밀번호 같은 것들조차 툭하면 까먹어서 나를 미치게 할 때, 제발 좀 중요한 것들은 메모를 해두시라 성화를 하다가 문득 떠오른 장면이 있었다. 그건 바로 예전부터 늘 수첩 같은 걸 손에 들고는 작은 일이라도 항상 글로 써서 메모를 하시던 아버지의 모습이었다.

알다시피 나는 근 오십 년간 손으로 쓰는 일기를 써왔기에, 그리고 매사를 텍스트로 정리해 기록하는 습관을 지녀왔기에 그런 내 삶의 중요한 습관을 아버지에게서 물려받았다고까지 말할 수 있을지는 모르겠으나, 최소한 그렇게라도 아버지와 공통점이 있다는 걸 발견할 수 있어서 기뻤다. 그렇게라도 아버지와의 접점을 찾을 수 있다는 사실이.

나는 아버지를 어떻게든 좋게 기억하고 싶었다. 그 누구도 아닌 나를 위해서. 물론 그게 아버지를 위한 일이 아니라고는 할 수 없을 것이다.

79

지난번 낙상 이후 아버지는 귀가 완연히 안 좋아지셨다. 병원에서 얻은 별명이 나일론 환자일 만큼 상태가 좋았던 아버지는 그놈의 슈퍼박테리아 때문에 집으로 돌아갈 수 없는 날들이 길어지자 어느새 희망을 아예 잃어버린 사람처럼 풀이 죽고 기력이 쇠약해지셨다. 더이상 운동도 열성적으로 하지 않으셨다. 하루는 면회를 가보니, 아버지가 내 목소리의 볼륨을 아무리 높여도 못 알아듣고 꼭 치매 환자처럼 똑같은 말만 반복하는 모습을 보여 더럭 겁이 났다. 상태가 안 좋아진 아버지를 보며 아버지를 걱정하기보다는 또다시 내 자신을 먼저 걱정하는 내 안의 악마가 고개를 드는 것만 같았다. 아버지가 회복되어 집으로 돌아와서 전처럼 다시 같이 야구도 보고 최소한의 대화도 나눌 수 있는 친구로서 역할을 하시지 못하는 한, 나는 아버지를 돌볼 의욕을 느끼지 못하는 것일까.

아무리 세상 모든 자식이 자기 부모에 대해서 만큼은 언제까지나 젊어서의 모습과 같길 바란다지만, 부모에 대해서만큼은 그렇게 판타지와도 같은 비현실적이고도 이기적인 꿈을 꾸기도 한다지만, 진짜로 나는 아버지의 그저 좋은 모습만 원했던 것일까? 내가 바라는 걸 해줄 수 없는 아버지는 내게 더이상 돌봄과 헌신의 대상으로서의 매력과 가치를 잃게 되는 것일까? 어떻게 그럴 수가 있지? 나는 내 안의 악마에게 치를 떨며 아버지가 더이상 나와 같이 야구도 볼 수 없고, 그래서 친구가 되어줄 수도 없는 순간이 오지 않기만을, 그리하여 나를 시험에 들지 않게 하길 바라는 수밖엔 없다고 생각했다.

그날, 나는 끔찍하지만 어느 정도는 익숙한 죄책감에 사로잡혀 병원을 나섰는데 어디선가 또다시 이런 목소리가 들리는 듯했다. 하지만 너는 아버지가 그 어떤 소생의 기미도 없이 죽을 날만 기다리며 병원에 누워 있을 때도 지금처럼 성의껏 아버지를 돌봤잖아. 그러니까 너 나쁜 놈 아니야. 내가 너를 조금 아는데, 내가 볼 때 넌 그렇게까지 나쁜 놈은 아니야. 그날, 귀가 안 들리는 아버지의 면회를 마치고 나오면서 나는 그렇게 울면서 스스로를 달랬다.

80

책을 마치면서 몇 가지 왜곡된 기억을 바로잡고 싶다. 아버지와 나의 최초의 스킨십은 아버지가 나이 여든여섯에 기저귀를 찬 채 누워 계시던 그때 그 병원 격리실에서가 아니었다. 내가 유치원도 채 다니지 않던 시절의 일이다. 아버지는 출근을 하실 때 하루만 면도를 하지 않아도 온 얼굴에 덥수룩하고도 꺼칠하게 나던 수염을 따갑다며 괴로워하는 아들의 얼굴에 문지르면서 즐거워하곤 하셨다. 나는 엄마가 필요 없는 짐을 정리하고 있다는 납득할 수 없는 이유를 대며 내다 버리려는 몇 장의 오래된 사진을 다시 주워다 보면서 문득 그 사실을 기억해 냈다.

엄마. 이런 거 버리지 마. 왜 이걸 다 버리려고 해.

이번 일을 겪으면서 나는 직업 정신 때문인지 가족 신문의 기자라도 된 것처럼 굴 때가 있었다. 그 일환으로 두 번의 가족 인터뷰를 진행하게 되었는데, 한 번은 둘째 누나와 또 한 번은 요양병원에서 누워 계신 아버지와 가진 것이었다. 언제나 당신이 젊어서 주먹 쓰던 자랑, 누굴 때려눕혔다는 자랑만 하시던 아버지가, 그래서 남들은 돈 많이 벌고 출세하는 게 자랑이던데 내 아버지는 왜 고작 저런 게 자랑일까, 속으로 한심해하고 답답해하던 아버지가 그야말로 순수하게 자신의 어릴 적, 그러니까 어떤 과시적인 맥락이 없어 돌이킬 일도 없었던 시절을 회고하는 모습은 자식으로서 보기에 경이로웠다. 십 년 이십 년도 아니고 무려 칠십 년 전 어린 시절을 더듬는 아버지의 눈은 마치 꿈속에서 환등기라도 돌리는 것처럼 빛났고, 그날 그런 기분은 나만 느낀 게 아니었는지 면회를 마치고 나오는 길에 둘째 누나도 내게 이렇게 말하는 것이었다. 석원아, 아빠 눈 봤니?

한번은 이런 일이 있었다. 나이가 사십대 초반인 아는 여성 편집자와 전화 통화를 하는데, 자기도 아버지가 당뇨 합병증으로 입원을 하시는 바람에, 가족 중에 아버지 돌볼 여유 있는 사람이 없어 하필 그 일이 직장을 그만두고 쉬고 있는 자기 몫이 되어 미치겠다는 것이었다. 그 이야기를 듣고 나는 문득 궁금해지는 부분이 있어 조심스럽게 혹시 아버님하고 무슨 안 좋은 기억이라도 있는 것이냐 물었더니 그분 왈, 아버지가 과거 젊어서 다른 여자와 바람을 폈고 심지어 엄마의 뺨을 때리기까지 해서 자기는 그 뒤로 아버지와 말도 안 한 지 오래되었다는 것이었다.

네, 뺨을요?

아무리 엄마 속을 썩이는 아버지라지만 몸에 손을 대는 건 우리 집에서는 상상도 못 할 이야기인지라 놀라 물었더니, 그분은 어쩐지 아까보다는 작아진 소리로 대답했다. 물론, 엄마가 먼저 때리기는 하셨어요. 좀 여러 대 먼저 때리시긴 했는데…

그날 그분과 전화를 끊으면서 나는 둘째 누나 생각이 났다. 누군가, 아픈 자기 아버지를 돌보기 싫어하게 된 이유를 납득할 수 있었기에 덩달아 누나의 사정 또한 궁금해진 것이었다. 내가 생각하는 누나는 이 지경이 된 아버지를 안타까이 여기면서도 늘 아버지에 대한 어떤 오래되고도 근원적인 불만에 사로잡혀 있는 듯 보였다. 그래서 나는 그날 저녁 누나에게 전화를 걸어 내가 모르는 아버지에 관한, 그렇게 불만을 가질 만한 무슨 사연이라도 있는지, 어린 시절 누나에게 아버지는 어떤 사람이고 어떤 아버지였는지를 물었는데 누나의 대답은 뜻밖이었다. 한마디로 별다른 대단한 사연이나 사건이 없었다.

너도 아는 대로 우리 아버지는 가족들한테 그냥 조금 무심한 아버지였지. 항상 집에 늦게 들어오셨으니까. 그럼, 누나. 아버지가 엄마를 때린 적도 있어? 난 그 편집자가 털어놓은 이야기가 생각나 혹시나 싶어 물었더니 누나는 대답했다. 그런 적은 없지. 너도 알겠지만 아빠는 우리한테도 손을 댄 적이 없으셨잖아. 맞아. 나는 대꾸했다. 죽을까 봐 못 때리셨지(실제로 예전에 아버지가 무슨 일인가로 내 가슴을 한 손가락으로 툭 하고 민 적이 있었는데 그 힘으로 난 데굴데굴 굴러서 사차선 도로를 건넌 적이 있다. 그런 아버지가 어린 자식들을 때리는 건 상상하기 어려운 일이었다). 누나는 계속 말했다. 그리고 퇴임해서 집에 들어앉으시기 전까지는 우리 앞에서 부부 싸움조차 한 번 하신 적 없으셨고.

그러니까 누나 얘기는 이랬다. 누나가 어려서는 오히려 지금처럼 아버지가 밉다기보다는 엄마랑 사이가 워낙 좋아서 심지어 존경하는 부분마저 있었고, 가족들에게 무슨 일이 생기면 늘 어디선가 나타나 해결을 해주는 존재였기 때문에 어린 시절 아버지에 대한 느낌은 누나나 나나 크게 다르지 않았다. 한마디로 조금 무심하지만 능력은 좋은 해결사랄까. 그날 저녁, 누나와의 인터뷰와도 같은 통화를 마치고 난 속으로 생각했다. 아니, 그럼 우리에게 아버지는 어쩌다가 이렇게 악인이 되어버린 거지?

문제는 그거였다. 아버지는 인생이라는 콘서트에서 마지막 하이라이트 부분을 아주 제대로 망쳐버리고 말았다는 것. 과거 음악을 할 때, 사람들이 비싼 돈 주고 보러온 공연이 어땠는지 스스로 평가하는 과정을 보면, 가장 중요하게 작용하는 부분은 언제나 공연의 마지막 삼십 분이었다. 그전까지 아무리 잘했어도 마지막이 심심하면 소용이 없었고, 반대로 앞이 아무리 그저 그랬어도 마지막에 뒤집어 놓으면 사람들은 앞서 느꼈던 실망감은 어느새 잊고 그 공연 전체를 끝내줬다고 느끼는 경우가 많았다.

그게 착시든 아니든, 중요한 건 기억이니까. 당신이 어떤 사람이든 무엇을 했든, 우리는 오직 타인의 기억 속에서만 존재 가능한 사람들이니까.

그래서 나의 아버지는, 어려서 경우가 심한 다른 집 아버지들처럼 술에 취해 밥상을 뒤엎고 허리춤에서 혁대를 끌러 부인과 자식들을 때려 온 집안을 공포로 몰아넣는 악당과는 거리가 멀지언정, 그렇다고 자식들에게 자상하지도 않았던, 그냥 그런 무심한 아버지였다. 심지어 아버지는 내가 볼 때 자기 자신에 대해서조차 무심해서, 난 아버지가 평생 단 한 번도 엄마나 나처럼 어떤 일에 집념을 보이거나 뭔가를 욕심내시는 걸 정말 단 한 번도 본 적이 없다. 한량이라고 하기엔 (화투는 프로급으로 잘 치긴 하셨지만) 술, 담배, 다른 이성에 관심이 없었고 그저 친구 많고 운동 잘하는 것 외에는 무색무취했던, 그게 죄라면 죄고 개성이라면 개성이었던 아버지는, 그러나 생의 후반부를 맞아 모든 일을 접고 집에 들어앉으면서 가정의 폭군으로 변하기 시작했다. 아버지는 그저 작은 규모의 국가 기관의 장이었지만 평생 자신의 부하 직원들에게 하던 관성대로 집에서도 가족들을 직원처럼 부리며 모든 것을 시켰고, 특히 엄마는 그 직원들 중에서도 압도적으로 많은 일을 혼자서 도맡은 수석 비서처럼 아버지의 모든 것을 지치도록 해드렸다.

그렇게 노년의 아버지가 엄마를 대하는 방식을 둘째 누나는 견딜 수 없었고, 나이 든 남자인 아버지가 바깥에서 만난 젊은 사람들—요양병원의 간호사라든가, 어떨 땐 프런트에서 일을 보는 중년의 남자 직원들—에게까지 반말을 하는 것도 모두 못마땅하기만 했다. 그렇게 스미듯 아버지는 우리에게 악인이 되어간 것이다. 사람들이 아버지를 결국 어떤 사람으로 기억하게 될 것인가, 하는 문제에 있어서 가장 중요했던 대목인 생의 후반부를 엉망으로 보낸 죄로.

그래서, 나는 지금 우리 아버지가 늙어 집에 들어앉으시기 전까지는 최소한 그렇게까지 나쁜 분은 아니었다는 사실을 말하고 싶은 걸까? 모르겠다. 나는 그저 아버지를 내 마음속 법정에 세우고 싶지는 않았다. 그래서는 안 된다고 생각했다. 마치 증거라도 검토하듯 누군가의 일생을 내 마음대로 토막 내서 음, 예순다섯 살까지는 나름대로 괜찮으셨는데 그 이후 이십 년이 문제였으니 전체적으로 봤을 때 그의 인생은 유죄다, 아니다, 판단하고 싶지 않았고 그래서도 안 된다고 생각했다. 나는 단지 기억하고 싶었고 그 기억이 굳이 객관적이지 않거나 사실에 부합하지 않는다 해도 크게 상관없었다. 나는 단지 내 부모를 잊지 않고 싶었을 뿐이니까.

하지만 자식인 내가 아버지에 대해 해야 할 건 판단이 아니라 기억뿐이라고 말은 하면서도, 그조차도 이미 아버지가 그런 대접을 받을 만한 자격이 있는지, 다시 말해 자식들의 판단의 저울 위에 오르지 않아도 될 만한 분인지에 대한 일종의 저울질—누나와의 인터뷰 등을 통해서—을 한 끝에 내린 결론이라는 점은 나를 부끄럽게 한다.

왜냐하면 나는 평생 특히 당신의 늘그막엔 더더욱 자주 아버지를 내 마음속 법정에 올려서는 매일같이 점수 매기는 짓을 해왔지만, 짐작컨대 아버지는 결코 일생 단 한 번도 나를, 아니 우리들을 자식으로서 몇 점이라고 평가하진 않으셨을 것이기 때문이다.

(82)

그렇게, 끝이 안 좋아서 가족들에게 골칫덩이가 되어버린 아버지는 2024년 구월 어느 날 결국 고대하던 퇴원을 하셨고, 난 아버지가 집으로 돌아온 지 이틀 만에 몸살 난 환자처럼 엄마가 앓아누웠다는 전갈을 받고는 분노하여 부모님 댁으로 달려갔다. 분명 퇴원하면 엄마에게 심부름도 안 시키고 말도 잘 듣겠다던 약속을 예상대로 지키지 않은 아버지에게 말 그대로 돌진을 한 것이다. 이번에야말로 아버지의 버릇을 고쳐놓아야 해, 안 그러면 엄마도 아빠도 모두 돌아가실 거야. 그런데 집에 도착해 보니 엄마는 그저 아버지가 올 걱정에 지레 시달리다 이틀간 잠을 자지 못한 것뿐이었고, 아버지는 예상과 달리 생각보다 얌전히 나와 우리에게 약속한 대로 엄마의 말에 비교적 순응하면서 집으로 돌아온 기쁨을 누리고 계셨다. 그래봤자 병원에 누워서 보던 티비를 집에서도 종일 똑같이 보는 것뿐이었지만, 어떤 다른 방해요소 없이 내 집 내 침대에 누워 있는 것만으로도 아버지가 느낄 해방감과 안도감이 어느 정도일지는 짐작 가고도 남음이 있었다.

그날 저녁, 퇴원해서서 처음 본인의 침대에 누워 느긋하게 꼭 일 년 전 그때처럼 한화 이글스의 야구 경기를 보고 있는 아버지를 보는 내 마음은 그동안 하도 여러 일을 겪고 아버지에 대한 애틋함도 많이 희석되어서 그런지 눈물이 나올 만큼 감동적이진 않았다. 그래도 한 사람이 평생 써내려간 드라마의 마지막 대목으로서는 분명 마음을 울리는 부분이 있었다. 나는 책을 읽거나 영화를 볼 때 너무 좋은 대목이 있으면 그 순간 책을 덮거나 티비 화면을 일시정지 시킨다. 왜냐하면 뭔가가 좋은 그 순간이 감당이 안 될 만큼 너무 좋기도 하고 이대로 한 번에 보아 넘기기가 아깝기도 하기 때문인데, 그때도 난, 아버지가 일 년 만에 다시 집으로 돌아와 자기 일상을 되찾는 모습을 보고는 감회에 젖기는커녕 들어간 지 얼마 되지도 않아 금세 그 방을 나섰다. 그런 나를 보며 아버지는 왜 벌써 가냐며 아쉬워하셨지만 아들이 어떤 심정으로 당신이 있는 방을 그리 급하게 나섰는지는 아마 알지 못하셨을 것이다. 그게 당신 자식이 혼자 있을 때 좋아하는 페이지를 발견하곤 책을 서둘러 덮거나, 집에서 티비로 영화를 보다 아찔할 정도로 좋아할 만한 장면을 만나면 그 순간 화들짝 놀라 일시정지 버튼을 누르고 마는 그것과 똑같은 일이었다는 걸 말이다.

우리들은 그때 아버지의 아버지였다.
아버지가 쓰러져 더이상 자신의 몸과 마음을
스스로 건사하는 일이 불가능해진 후로 내내
우리들은 어쩔 수 없이 아버지의 아버지로,
그리고 어머니의 어머니로 살았다.
아니 살아야 했다.

자식에 대한 걱정을 놓지 못해
늘 지쳐 있고
입에서는 잔소리가 쉴 틈이 없어
더이상 우리 인생에서
휴식이나 이완이란 개념이 없어져 버린 것만 같은
기분으로 보낸 하루하루들.

잊을 수도 잊어서도 안 된다고 믿었던 시간들.

훗날
나는 이 시간들마저 그리워하게 될까.

2024년 9월 7일. 이제 나는 꼭 일 년 만에 거리에서 부모님 댁이 있는 아파트 건물을 올려다보며 불이 켜져 있나 꺼져 있나 확인하는 일을 재개했다. 이것이 복인지 아닌지 기쁨인지 불행인지 알 수는 없지만, 나중에 한 번 더 저 불이 꺼지는 날이 오면, 만약 작년에 돌아가셨더라면 더는 쌓이지 않았을 부모님과의 새로운 추억이 다시금 켜켜이 쌓여 지난번보다 몇 배로 더 큰 슬픔이 찾아올지도 모르지만, 나중 일은 나중에 생각하기로 하고 지금은 우선 이 소중한 일상의 회복을 마음껏 즐기고 누리기로 했다.

15, 14, 13, 12, 11, 10⋯ 언젠간 가시겠지. 언젠간 가셔서 이 모든 게 사라지고 모든 것이, 마치 애초부터 존재한 적조차 없었던 것처럼 기억이 희미해질 때까지 남은 생을 홀로 살아가야 할지도 모르겠지. 하지만 오늘은 아니다. 오늘은 여전히, 내가 사는 곳 가까이에 나를 낳아주신 어머니와 아버지가 살아 계시고, 우리는 지금껏 그래왔듯 따로 또 같이 서로를 보살피며 이렇게 살아가고 있다.

내가 이 일을 책으로 써야겠다고 결심했던 건 아버지가 쓰러져서 위독해졌을 때가 아니라 아버지가 다시 살아나서 가족들을 들들 볶을 때였다. 그때까지 아버지의 무사 생환만을 절절히 바라던 나는, 바라던 대로 아버지가 다시 살아 돌아오셨는데 어째서 누구 하나 행복한 사람이 없는 것인지 이해할 수 없었다. 왜, 도대체 왜? 아직도 철이 덜 든 나는 그때도 여전히 내게 닥친 일에서 의미를 찾으려 하고 있었다. 하지만 죽음은, 죽음으로 가는 길이 주는 고통은 결코 어떤 의미를 갖거나 교훈일 수 없는 일이었다. 죽음은 그냥 죽음이었다. 우리가 태어나고 살아가고 지지고 볶았던 모든 일들이 다 그랬듯이.

그때, 아버지와 나는 하늘색 5323 번호를 단 포니 승용차를 타고 동해안 고속도로를 달리고 있었다. 무슨 이유에선지 우리는 다른 가족들과 떨어져 차가 거의 없어 텅 비다시피 한 동해안 고속도로를 내달리고 있었다. 지금은 이미 오래전에 운전을 포기한 아버지이지만, 당시 지금의 나보다 열네 살이나 젊었던 아버지는 시속 백이십 킬로미터가 넘는 스피드를 즐기고 있었고, 나는 아버지와 단둘이 있는 순간이 쑥스러웠지만, 결코 싫지는 않았다. 그때 그 차 안의 공기, 쑥스러움과 설레임과 나를 낳아준 그러나 항상 멀리 있어 잘 볼 수 없는 남자에 대한 호기심과 환상이 뒤범벅된 순간을 잊을 수 없다. 아버지는 그때도 도무지 말씀이 없으셨고 그저 다른 차가 우리를 추월하면 곧바로 다시 따라잡은 다음 혼자 빙긋이 알 수 없는 웃음을 지으실 뿐이었다.

무슨 인연으로 우리는 부모와 자식이라는 연으로 맺어져 이런 한평생을 보내게 되었을까. 이제 처음 해보는 고백을 하면서 책을 마칠까 한다. 아버지를 사랑했고 또 미워했지만 앞으로도 그럴 거고 영원히 잊지 않을 거라고.

나의 끝없는 수정 요구를 감당하느라 힘겨웠을 김영사 강지혜 실장님, 김민경 차장님, 김은하 과장님 그리고 밤늦게까지 수정 작업을 해주신 황성실 실장님과 책을 단정히 만들어주신 정윤수 차장님께 감사드린다. 아울러 사랑하는 우리 가족들, 엄마, 누나들, 그 누나의 자식이자 내 다섯 조카들, 내 슬픔에 찬 하소연을 들어준 친구 원희, 지영이 그리고 장지희에게 고마움을 전한다.

이석원 씀.

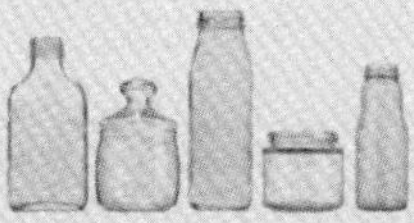